내 첫사랑은 가상 아이돌

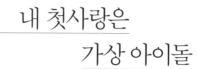

내 첫사랑은
가상 아이돌

윤여경 장편소설

차례

1 ———★——————————— 7

2 ———★——————————— 29

3 ———★——————————— 50

4 ———★——————————— 66

5 ———★——————————— 80

6 ———★——————————— 85

7 ———★——————————— 122

8 ———★——————————— 149

9 ———★——————————— 160

10 ———★——————————— 175

11 ———★——————————— 201

아직 만나지 못한 너와 나, 우리의 이야기   223

추천의 글   234

1

내 이름은 아리. 평범한 고등학생이다.

내게 특별한 점이 있다면, 사람이 죽는 순간을 본 적이 있다는 거다.

삶의 마지막 순간에 그는 나와 눈을 마주치고 죽었다. '그 집'의 비밀정원에서였다. 왜 하필 그 시간에, 왜 나와 눈이 마주친 걸까? 그건 우연이었을까? 많은 의문이 생겨 버렸다.

일 년쯤 전이다. 이사 온 첫날, '그 집'을 봤을 때 나는 놀라서 마음이 울렁거렸다. 진회색의 유리 벽으로만 이

루어진 아름다운 삼 층집이었는데, 해가 지고 뜰 때마다 묘한 빛을 내뿜는, 마치 예술품 같았다. 온종일 바라보고 있어도 질리지 않을 듯했다. 낮은 울타리 안으로 푸른 잔디밭이 넓게 펼쳐져 있었다.

"아리야. 남의 집 앞에서 어슬렁거리지 말고 얼른 들어와."

엄마는 넋을 놓고 있던 내게 그렇게 말했다.

"알았어."

나는 그렇게 말하고 집 안으로 들어갔다. 내 방 창문에서 그 집 정원이 보이는 걸 보고 기뻤다. 창문 앞에 의자를 가져다두고 본격적으로 그 정원을 관찰했다. 백 평 방미터가 넘을 것 같은 넓은 잔디밭에, 기괴한 느낌이 들 정도로 키 큰 벚나무 몇 그루가 그늘을 만들었다. 나무 아래에는 그네 의자, 흰 철제 의자, 나무 의자가 놓여 있었다. 취향에 맞는 의자에 앉아 보라고 사람을 초청하는 것처럼.

이사 온 뒤 나는 가끔 내 방 창문으로 그 집의 정원을 기웃거리곤 했다. 하지만 절대로 그 누구도 정원 안으로 들어갈 수는 없었다. 얇은 울타리지만 전기가 흐르고 있

다는 표지판이 있었고 경비가 삼엄했기 때문이었다.

우연히 나는 그 비밀의 정원으로 가는 길을 알아냈다. 어느 날 밤이었다. 집으로 들어가기 싫은 나머지 집 근처를 빙빙 돌다가 작은 문을 발견했다. 나중에 알고 보니 우리 집이 바로 예전에 그 집의 경비동이었다고 했다. 그래서 정원으로 향하는 문이 있었던 것이었다. 문 옆의 작은 우편함을 여니 열쇠가 있었는데 그걸로 문을 열었다. 끼이이익 소리를 내며 문을 열자, 정원으로 가는 길이 보였다.

처음에는 깜짝 놀라서 뒤로 돌아 나가려고 했는데 마치 나를 안심시키려고 하는 듯 조명이 켜졌다. 내가 걸어가는 곳마다 가로등들이 나를 환영이라도 하듯 아주 부드러운 색으로 점등을 시작하더니, 곧 온 정원이 환해졌다. 그리고 곧 자동으로 물안개가 퍼지기 시작했다. 잔디에 물을 주는 기계는 봤지만, 물안개를 피우는 것은 처음 봤다. 푸른 잔디 위의 흰 물안개는 조명 아래서 아름답게 피어났다.

그네에 앉았더니, 휴대전화 와이파이가 자동으로 연결됐고 바닥에 내려놓으니 무선충전이 됐다. 마치 누군가가 나를 살펴주는 느낌이었다. 나는 집 쪽을 보았다. 집 앞 현관까지 무빙워크가 연결되어 있었다. 집 밖이 이 정도인데 집 안은 도대체 어떻게 생겼을까?

이상한 것은 그 집 사람들이 그곳을 사용하는 걸 한 번도 못 봤다는 거였다. 우리 집과 그 집은 언덕 맨 꼭대기에 있어서 다른 이웃들은 이곳까지 올라오지 않았다. 정원을 애용하는 건 나뿐인 것 같았다. 정원을 향한 CCTV들도 있었지만, 한 번도 항의 같은 걸 받아 본 적 없으니 암묵적인 허락을 받은 거나 마찬가지라고 마음대로 생각해 버렸다. 그 정원은 그만큼 나를 사로잡았다.

나는 그네 의자와 철제 의자와 나무 의자 중 내키는 곳에 앉아 핸드폰도 보고 책도 읽었다. 그냥 아무것도 안 하고 멍하니 공기 냄새, 풀 냄새를 맡고 있기도 했다. 그러다 보면 스르르 졸음이 밀려오기도 했다. CCTV 따위는 내 머릿속에서 사라진 지 오래였다. 바람이 몰아치면 비처럼 흩날리던 벚꽃을 보면서 흔들흔들 그네를 탔다. 밤늦게 학원을 마치고 집에 들어가기 전에 잠시 밤바람을 쐬기도 했다. 그곳은 내게 언제나 시간이 멈춰 있는 곳, 세상과 유리된 곳이었다. 누구의 눈치도 보지 않고 그 집 정원에서 보내는 시간, 나는 가장 자유로웠고 나다울 수 있었다.

"아리야, 빨리 들어와."

엄마는 항상 크게 소리쳤다. 십 초라도 가만히 놔두면 나무 꼭대기에라도 올라가 버릴 초등학생 쌍둥이 남자아이 둘을 키우면서 이제 육 개월 된 아기까지 키우고 있어서 그런지 매우 씩씩한 편이었다. 잘 다려진 군복처럼 매사가 칼날 같았다. 나는 엄마의 그런 면이 조금 낯설기도 했다. 새아빠도 활달했다. 집 안은 항상 시끄러웠다.

엄마가 집안일을 할 때면 나는 동생들의 숙제를 봐줬다. 가끔 틈이 생기면 나는 방으로 들어가 문을 잠그고 혼자만의 시간을 가지곤 했다. 짧더라도 내게는 반드시 필요한 시간이었다.

"누나 뭐 해?"

"아무것도."

나는 방문을 열지 않고 소리쳤다. 잠긴 방문을 두어 번 열어 보다가 동생들은 흥미를 잃고 사라졌다.

나의 친아빠는 쉬는 날이면 밖에 나가지 않고 열대 지방의 느슨하고 따스한 햇살을 받으며 조용히 책을 읽던,

식물 같은 사람이었다. 나는 커다란 느티나무 같은 아빠의 그늘 아래에서 편안하게 뒹굴며 상상의 나래를 펼치곤 했다.

하지만 아빠가 돌아가시고 나서 나는 새아빠와 엄마가 사는 한국으로 돌아와야 했다. 공항에서 십 년 만에 만난 엄마의 모습을 잊을 수 없다. 작은 남자 두 명과 큰 남자 한 명과 함께 서 있던 엄마는 군대의 사령관같이 행동했다.

"현이 아빠, 현이, 준이 인사해. 여긴 아리."

"안녕하세요. 안녕 엄마."

나는 내 이복동생들과 새아빠와 엄마의 세 방향을 향해 인사했다.

"흘리지 말라고 했지. 그러니까 차에 놓고 오라고 했잖아."

엄마는 내 인사를 받는 둥 마는 둥 동생이 흘린 음료수를 닦느라 분주했다. 나는 울기 시작한 동생을 달랬다. 남동생들은 항상 뭔가를 쏟고 엎거나, 다쳤다. 항상 전쟁터 같은 우리 집과는 달리 옆집은 유리의 성처럼 우아하고 조용했다.

일 년 동안 이웃으로 살면서 직접 대면해 본 적은 없지만, 옆집 주인으로 보이는 여자는 아주 교양 있고 아름다운 사람처럼 보였다. 가족 여행을 가는지 아들과 단둘이 멋진 휴양지 패션을 차려입고 밴을 타고 떠나는 모습을 본 적이 있고, 아들만 어딘가 멀리 가는지 어머니가 따라 나와서 기사를 대동한 고급 차량을 배웅하는 모습도 보았다. 돈 많고 행복한 상류층의 모습이었다.

그런데 그 사건이 벌어진 거다. 그 집 아들이 삼 층 테라스에서 떨어졌다. 그는 테라스에서 정원의 그네에 앉아 있던 나와 눈을 한 번 마주치고, 그대로 떨어졌다. 너무 놀라 비명조차 나오지 않았다. 그리고 구급차가 왔던가. 집 안에서 비명이 들렸던가. 그날이 어떻게 마무리되었는지 아무리 기억을 떠올리려 애써 봐도 그날 그 사건 이후의 기억은 백지처럼 하얗기만 했다. 기억나는 건 나와 눈이 마주쳤던 찰나의 순간뿐.

일 년 동안 이웃으로 살았지만 한 번도 그와 대화를 나눠 본 적은 없었다. 내 방 창문으로 가끔 지나가는 모습을 훔쳐보기는 했다. 키 크고 마른 체형에 창백한 얼굴, 밝은 갈색 머리카락, 이목구비가 뚜렷하면서도 모호한 인상이었다. 딱, '신비주의 아이돌'의 외모랄까. 심부름 갔던 동네 슈퍼 아저씨가 묻지도 않은 말을 떠들어준 덕분에 그의 이름을 알 수 있었다.

"아, 언덕 꼭대기에 이사 온 학생인가 보네. 은우랑 동갑인가?"

"은우요?"

"왜, 옆집에 학생 또래 남자애가 있거든. 저기 예술고등학교 다닌다는데. 무슨 엔터테인먼트 연습생이래. 곧 데뷔한다던데. 우리 딸이 뭐라더라, 비주얼 담당이라나 뭐라나. 공부도 잘한대."

그는 나보다 한 학년 위였다. 이름은 은우였다. 예술고등학교에 다니고, 아이돌이 될 예정이었다. 나는 유튜브에 올라온 그의 연습생 동영상을 찾아봤다. 그는 그룹의 메인 보컬이었고, 노래뿐만 아니라 춤도 잘 소화했다. 비율도 좋았고 시선 처리도 아마추어 같지 않았다. 마치 태어나기를 아이돌로 태어난 사람 같았다. 그의 영상을 보는 내내 가슴이 두근거렸다.

그날 저녁이었다. 학원 숙제를 하다가 문득 고개를 들

어 창밖을 내다보니, 내가 늘 앉던 의자에 그가 있었다. 기타를 치며 노래를 부르고 있었다. 해거름으로 옆집 건물과 정원은 신비로운 색으로 물들어 있었고, 키 큰 나무 아래 그림처럼 앉아 있던 그의 모습은 도무지 현실 같지가 않았다. 아름다웠다. 나는 넋을 잃고 그를 바라보았다. 그러다 문득 그가 갑자기 고개를 들고 내 쪽을 바라보았다. 심장이 떨어질 것처럼 놀란 나는 나도 모르게 커튼을 휙 쳐 버렸다.

그가 왜 죽었는지, 나는 정말 알 수 없었다. 자살한 걸까. 사고였을까. 자살이었다면, 왜 죽은 걸까. 그렇게 아름다웠던 그가 왜.

며칠 후부터 그 집 울타리는 철거되고 벽이 올라가기 시작했다. 상관없었다. 사람이 죽은 그 정원에서 시간을 보내는 건 더 이상 할 수 있을 것 같지 않았다. 사람 키의 두 배나 되는 벽이 만들어진 뒤 '고압 전류 조심'이라는 조그만 표지판까지 친절하게 붙은 것을 보고서야 내 천국이 이제 완전히 없어졌다는 것을 깨달았다. 돌담 벽 위로는 그가 떨어졌던 삼 층 테라스만 보였다.

한 달이나 지났을까. 집 앞에서 검은 옷을 입고 검은 마스크와 선글라스를 낀 미녀를 보았다. 선글라스가 햇빛에 반사된 번뜩임에 눈이 부셨다. 또 그 증상인가. 나는 잠시 눈을 감고 호흡을 가다듬었다. 그가 죽는 것을 본 다음부터 나는 이상한 증상을 느끼고 있었다. 반짝이는 무언가가 멀리서 빛나는 것처럼 보이는 증상이었다. 며칠에 한 번, 많게는 여러 번이었다.

"저 알지요? 잠시 얘기 좀 해요."

윤희라고 자신을 소개한 그녀는 '그 집' 아줌마였다. 예상과 달리 그의 엄마가 아니라 '집사'였다. 은우는 열 살 때 부모님을 잃었다고 했다. 몇 마디를 나눠 보니 집사라는 그 여자는 내가 생각했던 부드럽고 따스한 사람이 아니었다. 오히려 인간미라고는 없어 보였다. 이 차가운 여자와 그 넓은 집에서 십 대를 보냈다니. 그에 대해 안쓰러운 마음이 피어올랐다.

근처 카페에서 라테를 한 잔 사서 의자에 앉았다. 윤희는 말없이 종이 한 장을 내밀었다.

내용은 간단했다. 그 집에서 한 달을 보내면 돈을 주겠다는 내용이었다. 그것도 큰돈을.

"이게 뭐예요?"

내가 말하자 윤희는 웃지 않고 대답했다.

"프라이빗 이벤트. 백 퍼센트 당첨 확률. 그래서 당첨
되고 싶어요, 아니에요?"

"왜 저한테 이런 제안을 하시는 거예요?"

"우리 도련님이 학생을 좋아해요."

황당하기는 했지만 크게 놀라지는 않았다. 어쩌면 난
이런 전개를 예감했던 걸까. 얘기 한번 나눠 본 적 없지
만, 이미 그는 내 마음속에 크게 자리 잡고 있었고 왠지
그도 그럴 것만 같았다. 다만 '좋아했어요'가 아니라 '좋
아해요'라는 현재형을 썼다는 게 조금 걸렸다.

그래도 상관없었다. 일 년 동안 피어올랐던 그와 그
집에 대한 궁금증, 마치 천국의 정원 같았던 그 풀밭과
나무……. 그가 죽은 후 바라보지도 못했던 그 집과 정
원에 대한 뜻 모를 그리움이 넘쳐흘렀다. 그 정원에 한
번 더 가서 앉아 있을 수 있다면 뭐든 할 수 있을 것 같다
는 생각까지 들었다. 게다가 돈이라니. 너무나 유혹적이
었다.

하지만 윤희의 다음 말에 나는 놀랄 수밖에 없었다.

"약혼이라고요?"

나는 내가 잘못 들은 줄 알았다.

"죽은 사람이잖아요. 뭐, 영혼결혼식 같은 거라도 한다는 건가요?"

"뭐든 단계란 게 있는 거니까요. 지금 학생에게 영혼결혼식을 하자고 하면 싫다고 할 거잖아요. 그러니까 천천히 생각해 볼 시간을 준다는 뜻이에요. 그게 한 달이고요."

윤희가 아름다운 목소리로 또박또박 아나운서처럼 말을 하면 왠지 합리적으로 느껴졌다. 영혼결혼식이라니. 영혼이란 게 정말 있다고 생각하는 건가? 이분 제정신인가? 그런 생각이 들면서도 나는 자꾸 가슴 한켠이 아려 왔다. 지난 일 년간 지켜보았던 그의 모습이 떠올라 나도 모르게 눈물이 나올 것만 같았다. 그는 몰랐겠지만 나는 마음속으로 그를 좋아하고 있었고, 그가 이 세상에 없다는 게 너무나 슬펐다. 살아만 있었다면 언젠간 그와 이야기를 나눌 수 있었을지도 몰랐다. 심지어 그와 마음을 나누게 됐을 수도 있었다. 하지만 그가 없는 지금에 와서는 다 부질없는 말이다.

"죄송하지만 안 돼요."

"그렇게 곧바로 대답하지 말고 조금 더 생각해 주면 안 될까요?"

"죄송해요."

"난 기다릴게요. 언제든 연락해요."

윤희의 목소리는 건조했다.

집으로 올라가는 언덕 위로 하늘을 보았다. 흰 구름이 푸른 하늘과 어우러져 아름다웠다. 얼마나 높이 올라가면 천상에 닿을 수 있을까? 죽으면 끝인 걸까? 죽고 나면 또 다른 삶이 이어지는 걸까? 은우 오빠. 나는 나지막하게 그를 불러 보았다. 은우 오빠. 거기 있어? 나는 구름을 보며 물었다. 구름이 햇살에 비쳐 번뜩였다. 나는 눈을 감았다.

그날은 내 생일이었다. 친구들과 만나 카페에서 한 시간 정도 수다를 떨었고, 친구들에게 받은 선물을 가방에 넣고 집으로 가던 참이었다.

여름밤 거리의 공기는 달착지근하니 따스했고, 사람

들은 들떠 있었다. 횡단보도 앞에서 멈춰 섰다. 신호등은 빨강에 멈춰 있었다. 나는 신호등을 무심히 쳐다보다가 눈을 감았다. 나른했다. 어디서라도 잘 수 있을 것 같았다. 나는 고개를 살짝 옆으로 기울인 채 눈을 감고, 하늘을 향해 세로로 누워 있었다.

다음 순간, 꿈인 듯싶게 그가 보였다. 나는 눈에 힘을 주고 초점을 맞췄다. 은우였다. 그는 한 발을 도로에 내디딘 채 서 있었다. 나는 망설였다. 그와 친해지고 싶었지만, 그렇지 않기도 했다. 으리으리해 보이는 그의 집과 평범하지 그지없는 우리 집 사이의 거리는 그렇게 멀지도 않지만 절대로 가까워질 수는 없을 것 같았다. 우리 사이도 마찬가지였다. 보이지 않는 막이 존재하는 것 같았다.

학교에서 그는 유명인사였다. 데뷔를 준비한다고 했던 아이돌 그룹에서 그의 이름은 렌이라고 했다. 그런데 갑자기 그 그룹에서 그의 이름이 사라졌다는 얘기가 떠돌았다. 확실한 건 아무것도 없었다. 그가 다니던 학교는 예술학교였고, 정보는 불명확했다. 학교폭력에 관련된 일일 거라는 추측도 있었다. 그가 사실은 일진이었다는 소문도 들렸다.

나는 혼란스러웠다. 그는 일진은 아니었다. 근거는 없었지만 이상한 확신이 들었다. 나는 그를 모르지만 그를 알았다. 그의 얼굴은 낯설면서도 어디에선가 본 것 같은 느낌을 줬다. 여행하다가 만나는 숙명 같은 장소랄까. 어디선가 본 듯한 장소. 기시감.

그를 바라보며 나는 언제나 그의 얼굴을 알고 있었던 것 같은 기분이 들었다. 다 비슷하게 잘생긴 연예인들을 많이 봐서 그런가 싶기도 했지만, 낯익은 기시감은 사라지지 않았다.

문득 나의 숨결에 그의 목덜미가 뜨거워지는 것처럼 느껴졌다. 아니, 먹구름 사이로 잠시 비춰 나온 노을빛이 그의 목덜미에 닿았을 뿐이다. 나는 발가락을 꼼지락거렸다.

노란 등이 켜졌다. 사람들은 금방이라도 한 발을 내디딜 듯 움찔거렸다.

그가 갑자기 뒤를 돌아보았다. 그의 시선은 나를 꿰뚫고 지나가더니 아무 일도 없다는 듯 다시 돌아갔다.

그때 구급차와 소방차 아홉 대가 몰려 지나갔다. 사람

들은 발이 묶였다. 다음 신호를 기다려야 했다. 신경을 자극하도록 특별 제작된 위이잉거리는 위험 신호는 차들이 시야에서 사라진 한참 뒤까지도 나의 머릿속을 웅웅 울렸다.

투둑투둑. 하늘이 빗방울을 쏟아 내기 시작했다. 다행히 우리는 커다란 나무 밑에 서 있어서 빗방울을 약간은 막을 수 있었다. 셔츠 안으로 빗물이 새어 들어왔다. 그리고 나일론 소재로 만든 그의 흰옷을 적시지 않고 미끄러져 내려갔다. 그는 마치 가위에라도 눌린 것처럼 멍하니 서 있었다. 그를 흔들어 깨워야 할 것 같았다. 나는 천천히 손을 올렸다.

순간 푸른 등이 켜졌다. 그는 날 듯이 횡단보도를 건너갔다. 그는 나를 아는 척하지 않았다. 나도 발걸음을 서둘렀다. 우리는 함께 횡단보도를 건너 작은 화단이 늘어서 있는 보도를 지나갔다. 그는 앞장서고 나는 쫓아갔다. 이제 그는 화단이 늘어선 길을 벗어나 내가 한 번도 가 본 적 없는 곳으로 들어섰다. 미로처럼 뻗어 있는 골목길이 어둠 속에서 입을 벌리고 있었다.

사방은 점점 어두워져 가고 있었다. 약간의 불안감이

엄습했지만 나는 뭐에 홀린 것처럼 그를 쫓았다. 그를 만나면 할 말이 많을 것 같았다.

그는 나를 의식했는지 조금 더 빠르게 걸었다. 이미 보폭을 넓히면서 뛰지 않을 만큼만 빨리 걷고 있던 나는 헉헉대며 달려야 할 지경이 되었다. 이윽고 그가 길모퉁이를 돌아 사라졌다. 그리고 내가 길모퉁이에 다다랐을 때 이미 그는 보이지 않았다.

나는 네 갈래로 나뉜 길을 이리저리 살펴보았다. 왼편으로 높다란 언덕길과 오른편으로는 우리 집이 보였다. 전형적인 주택가였다. 지나가는 사람은 없었고 발소리도 들리지 않았다. 그를 놓쳐 버렸다. 바로 전까지 나를 달리게 만들었던 에너지는 빠져나가 버렸고, 다리에는 힘이 풀렸다. 밤이 내린 낯선 주택가의 모습이 생경했다. 나는 집으로 향했다.

집으로 들어가려다가 문득 옆집을 올려다보았다. 그가 테라스에서 기타를 치고 있었다. 그런데 다른 옷을 입고 있었다. 도대체 어떻게 된 건지 알 수 없었다. 몇십 초 전까지 내가 따라갔던 그 사람은 정말 그와 똑같이 생겼었는데. 그는 어디로 사라지고, 그는 왜 저기에 있는 걸까? 일 분도 안 되는 시간 동안 옷을 갈아입고 저기에 있을 수는 없었다. 그 사람은 그가 아닌 게 분명했다.

집으로 돌아가니 북적북적했다. 쌍둥이들의 생일과 내 생일이 같은 주에 있어서 같이 생일상을 마련한 참이었다. 쌍둥이의 친구들이 잔뜩 집에 와 있었다.

"생일 축하해 누나!"

쌍둥이들이 나를 향해 소리쳤다. 다른 아이들의 재잘거리는 소리 때문에 그 소리도 겨우 들렸다. 작은 꼬마들이 와글와글 앉아 있는 거실에 내가 있을 곳은 없었다. 엄마와 새아빠도 정신이 없는 모양이었다. 나는 조용히 다시 밖으로 나왔다.

그는 아직도 테라스에 있었다. 어디서 그런 용기가 났는지 모르겠지만, 나는 핸드폰을 들어 기타를 치고 있는 그의 모습을 찍었다. 셔터 소리가 들렸는지 그가 나를 보았다. 그리고 아무 일도 없다는 듯 다시 기타를 쳤다.

우리는 서로 떨어져 있었지만 같이 있는 느낌이었다. 기타 소리가 은은하게 정원에 퍼졌다. 나는 그 소리를 들으며 그네에 주저앉았다. 그리고 그날 받은 선물 상자들을 풀기 시작했다. 축하 카드도 읽었다. 귀여운 개구리 안대를 꺼내 써 보고, 조그만 향수를 뿌리고 눈을 감고 향을 느꼈다. 그네를 타니 향이 오르락내리락하는 것 같았다. 느닷없이 눈물이 나왔다. 생일날 집 안으로 들어가지도 못하는 내가 한심하게 느껴져서였을까.

그때였다. 갑자기 생일축하곡이 울렸다. 기타였다. 그였다. 아마도 내가 선물들을 열어 보고 카드를 읽어 보는 것을 멀리서 보고 오늘이 내 생일이라고 짐작한 모양이었다. 나는 감히 테라스 쪽을 쳐다보지도 못하고 그냥 그 소리를 듣고만 있었다. 기타 소리는 부드럽게 내 마음을 위안해 주었다. 보사노바풍으로 경쾌하게 편집된 생일축하곡을 듣고 있자니 어느새 눈물은 멈추고 입가에는 미소가 떠올랐다. 영원히 계속될 것만 같던 시간이었다.

그런데 음악 소리가 그쳐서 그가 있던 테라스 쪽을 돌아보자, 한순간 그가 사라져 버렸다. 마치 원래 없었던 사람처럼.

그와 이어지는 모든 일은 그랬다. 어딘가 갑작스럽고 신기했다. 우리를 이어 주는 끈이란 건 모두 아주 약한 우연의 끈에 불과했기 때문이리라. 그 이후 그는 한 번

도 테라스에 나오지 않았다. 거의 일 년 동안이나. 내 첫
사랑은 그렇게 흐물흐물 끝나 버렸을까? 아니었다. 내
핸드폰에 저장된 그의 사진 한 장. 고개를 약간 기울인
그의 옆얼굴을 보며 나는 수많은 아름다운 꿈을 꾸었다.
나는 첫사랑 중이었다.

2

"요즘 자영업자들이 다 안 좋아. 너도 알잖아. 월세도 몇 달치 밀렸어."

엄마는 꾸역꾸역 천천히 말을 이어 갔다. 나는 한숨이 나왔다.

"그럼 교환학생은요?"

나는 그 답을 알고 있었지만 물어봐야만 했다. 엄마는 대답을 하지 않았다. 고등학교 이 학년이 되는 내년, 일 년간 교환학생으로 외국에 나가겠다는 내 계획은 물 건 너간 것이다.

그때 그 돈이 떠올랐다. 쉬운 돈이라면 쉬운 돈이었

다. 그야말로 하늘에서 떨어진 돈.

나는 윤희의 명함을 들여다보다가 내려놓았다.

'변호사를 찾아야겠어.'

나는 한숨을 쉬었다.

*

가장 가까운 변호사 사무실은 걸어서 십오 분 거리에 있었다. 상가 건물 삼 층이었다. 일 층과 이 층에는 전망 좋은 근사한 횟집이 있었다. 횟집 윗집이 변호사 사무실이라니. 뭔가 뜬금없었다.

어쨌든 나는 윤희의 제안을 법적으로 검토해 봐야 했다. 계단으로 올라가자 철문에 '김장호 변호사 사무실'이라는 간판이 보였다. 잠시 망설이다가 문을 열었다. 끼이익 소리가 났다.

"방가, 방가."

사람이 아니라 새장 안의 파란 앵무새가 내는 소리가 나를 반겼다. 둘러보니 소파에서 트레이닝복을 입은 한 남자가 잠에 빠져 있었다. 그대로 문을 닫고 나가려는데, 남자가 갑자기 벌떡 일어났다.

"어서 오세요."

자기도 당황스러운 듯 입가의 침을 닦으며 일어나는 그를 뒤로하고 나는 바로 뒤돌아 계단을 뛰어 내려갔다. 저런 변호사에게는 뭐가 됐든 맡길 수 없을 것 같았다.

이제 어쩌나. 잠시 고민하다가 산책도 할 겸 일단 좀 걸어 보기로 했다. 천천히 삼십여 분 걷다가 한 간판이 눈에 들어왔다. 작고 예쁜 기와집이었는데, 고드름이 내리는 그림에 '소름'이라고 쓰여 있었다. 카페인가? 뭐 하는 곳인지 궁금해서 가까이 다가가 보았다. 마당에는 개 한 마리가 꼬리를 살랑살랑 흔들 뿐 짖지도 않았다. 대청마루까지 다가가자 안에서 하는 소리가 들려왔다.

"앵무새부터 없애 버려요. 그러니까 손님들이 들어왔다가 나가지."

여자 목소리였다. 뒤이어 남자 목소리가 들렸다.

"안 돼요. 집에 혼자 놔두면 죽어요."

나는 흠칫했다. 아까 그 변호사 아저씨 아닌가? 살금살금 천천히 뒤돌아서는데 계속해서 말이 들렸다.

"오늘은 뭐가 궁금해서 왔소?"

여자 목소리가 말했다.

"아내가 잘 있나요?"

남자가 말했다.

"저세상 간 사람 일을 이 세상 사람이 알아서 뭐하는
가."

여자 목소리가 말했다. 나는 걸음을 멈췄다.

"거기, 밖에서 계속 들을 거면 들어와요."

여자 목소리가 카랑카랑 울렸다. 나는 나도 모르게 대청마루 쪽으로 향했다.

"점 볼 거면 어서 들어와요. 거기 서 있지 말고."

여자가 말했다.

대청마루 안쪽에는 소파와 테이블 세트가 있었고, 투피스 정장을 말끔히 차려입은 여자가 일인용 소파에 앉아 있었다. 내 쪽을 돌아본 남자와 눈이 마주치자 그가 미소 지어 보였다. 역시 방금 변호사 사무실에서 봤던 김장호 변호사였다.

"제가 들어도 되나요?"

나는 머뭇거렸다.

"이 사람, 금방 끝나요."

트럼프를 꺼내 든 여자는 눈을 지그시 감고 셔플을 했다. 그리고 트럼프를 뒤집어 내려놓더니 패를 꺼내 들었다. 나는 슬그머니 옆의 소파에 앉았다. 궁금하긴 했다.

"보내 버리래. 가장 아끼는 거."

여자가 말했다.

"지금 제가 제일 아끼는 건……."

김장호 변호사가 슬픈 목소리로 말했다.

"앵무새잖아. 그게 아내보다 더 중요하잖아, 지금."

여자가 말했다. 김장호 씨는 매우 곤란해했다.

"아내가 질투해. 자기보다 앵무새를 더 아낀다고. 눈에 안 보인다고 무시하는 거야, 당신?"

갑자기 여자가 다른 여자 목소리를 흉내 냈다.

"아니야, 아니야. 자기야 미안해. 당장…… 그런데 누구한테 주죠?"

김장호 씨는 매우 당황해했다.

"쟤한테 주면 되겠네. 쟤가 앵무새가 필요하다고, 쟤는 쓸쓸하다고, 아이돌처럼 잘생긴 남학생이 그러는데."

여자가 나를 가리키면서 말했다. 나는 그 말에 소스라치게 놀랐다.

"오빠가 진짜 그랬어요?"

내가 말하자 여자는 고개를 갸웃했다.

"오빠가 아니라는데? 애인도 아니고…… 약혼할 사람? 뭐가 이렇게 복잡해?"

여자의 말에 나는 자리에서 벌떡 일어섰다. 왠지 더 듣고 있을 수가 없었다. 김장호 변호사가 내 옷깃을 잡았다.

"잠깐 앉아 봐요, 학생. 얘기 다 듣고 가요. 궁금하네."

"손님들이 지금 줄 서 있잖아. 점심에는 레스토랑도 예약해 뒀는데. 시간이 없어."

여자가 말했다. 그러고 보니 대청마루 건넌방에 어느새 사람들이 옹기종기 앉아 있었다.

"복비부터 줘."

여자가 말했다. 나는 지갑을 뒤져 체크카드를 내밀었다. 그녀는 누군가를 손짓해서 불렀다. 땅에서 솟은 것처럼 웬 우락부락한 여자가 나타나 카드결제를 했다.

"둘이 해결해. 나는 손 뗄게. 더 할 말도 없고."

여자가 말했다.

"저는 아직 궁금한 거 물어보지도 않았는데요."

황당해진 내가 말하자 여자는 답답하다는 듯 이마에 손을 올렸다. 손목에 찬 롤렉스시계가 번쩍거렸다.

"빨리 물어봐."

여자가 말했다.

"저기…… 오빠가 잘 있나요?"

"아니."

여자는 그렇게 말하더니 나를 유심히 보았다.

"왜요? 어디가 아파요? 뭐가 잘못됐어요?"

"너 때문에 아프다는데. 나까지 흉통이 오네. 아…….
둘 다 나가."

여자가 가슴을 웅크리며 손짓하자 카드결제를 해 주
었던 우락부락한 여자가 우리에게 눈짓했다. 우리는 별
수 없이 둘 다 조신하게 신발을 신고 대청마루를 나섰다.

"이봐, 변호사, 학생, 둘 다! 운명은 남이 아니라 스스
로 만드는 거야. 그에 대한 책임도 자기가 지는 거고. 어
마무시한 책임이라도 말야."

여자가 멀리서 소리쳤다.

김장호 변호사와 나는 생각에 잠겨서 무의식적으로
서로 보조를 맞춰 걷고 있었다.

"변호사가 무슨 무당인가 싶지? 돌아가신 모친이 무
당이셨어. 뭐, 많은 무당이 사기꾼이고, 우리 모친도 거
의 그 과셨지."

김장호 변호사는 중얼거리듯 말했다.

"하지만 죽은 우리 엄마가 했던 말을 그대로 읊는 이
무당을 보면서, 어쩌면 일종의 기록장치가 있어서 정보

가 어딘가에 떠다니는 게 아닐까 하는 느낌을 받았어. 정보에도 고급 정보와 저급 정보가 있어서 무당마다 그 기록을 열람하는 능력치가 다른 거 아닐까. 이 무당의 능력치는 나쁘지 않은 것 같아서."

처음 만난 학생에게 자신의 과거사를 이렇게 떠벌리다니. 이 변호사에게는 정말 일을 맡길 수 없겠다는 생각이 들었다.

"학생인 것 같은데 상담료는 안 받을게. 상담하고 가."

"네?"

나는 어이가 없어서 그를 올려다보았다. 놀랍게도 그는 진심인 것 같았다.

"방가, 방가."

앵무새가 사무실로 들어서는 우리를 반겼다.

"파랑이라고 해."

김장호 변호사가 말했다.

"파랑새를 찾으면 행복해진다고 아내가 그렇게 지었어."

파란 깃털이 매끈한 아름다운 새였다.

*

은우는 내 방 창가에 서서 밖을 보고 있다가 문득 내 쪽을 보았다. 나와 시선이 마주쳤다. 전기에 감전된 것 같았다. 어떡하지. 다른 곳을 보고 싶었지만 시선에 붙들려서 옴짝달싹할 수가 없었다. 그때였다. 파랑이가 창 안으로 날아들었다. 그제야 나는 깨달았다. 파랑이는 내 방에 없는 새이고, 은우도 내 방에 없는 사람이라는 것을. 즉 이 모든 게 꿈이라는 것을.

어렸을 때부터 나는 자각몽을 꾸곤 했다. 꿈속에서 내가 꿈을 꾸고 있다는 것을 알고 있는 느낌은 내게 매우 익숙했다. 귀신이나 나쁜 사람들이 나를 쫓아오면 도망치지 않고 발로 땅을 힘차게 내디뎠다. 그러면 내 몸은 하늘 위로 날아 올라갔다. 그러면 나를 뒤쫓던 사람들은 점점 작아졌다. 꿈속에서 하늘로 날아올라 세상을 휘젓고 다니는 것만큼 신나는 일은 없었다. 하지만 오늘 꿈은 달랐다. 어느샌가 나는 은우의 손을 잡고 하늘을 날고 있었다.

'이건 말도 안 돼.'

나는 생각했다.

"뭐가 말이 안 되는데?"

내 생각을 읽은 은우가 말했다.

"오빤…… 죽었잖아."

나는 용기를 내서 그의 눈을 마주 보았다.

"그래서?"

은우의 눈은 들여다볼수록 맑았다.

"그게 아니라……."

"꿈속에서는 죽은 사람이나 산 사람이나 같은 처지야. 우린 전혀 다른 세상에 함께 와 있는 거니까."

은우가 나를 이끌고 어디론가 날아갔다. 나는 그를 그냥 내버려 뒀다. 자각몽에서는 원래 내 마음대로 움직이곤 했는데 누군가가 이끌어 주는 것은 처음이었다.

"여기가 좋겠다."

은우와 나는 살짝 땅에 발을 디디고 걷기 시작했다.

몇천 년 된 건물 유적이 둘러싸인 신비한 곳에 노을이 무지개색으로 내려앉고 있었다. 파리도 밀라노도 뉴욕도 아니었다. 그냥 이 세상에 없는 곳, '그 세상'이었다.

'이상해.'

나는 그를 보며 생각했다.

'안 이상해.'

그는 미소만 지었다. 그가 생각하는 것도 다 들렸다.

'나보다도 훨씬 작고 여린 이 조그만 아이가 무서워.'

그의 생각을 듣고 나는 갸웃했다.

"내가 왜 무서워?"

"지금 넌 내가 세상에서 제일 무서워하는 존재야."

"왜?"

"넌 나를 무너뜨릴 수 있으니까."

은우의 목소리가 약간 떨렸다.

세상에서 가장 무서운 존재는 괴물도 적도 아니다. 가장 사랑하는 사람이다. 그 사람은 말 한마디로 자신을 일으켜 세울 수도, 아니면 처참히 부숴 버릴 수도 있다.

그가 나를 그렇게까지 생각한다니 나는 믿기지 않았다. 하지만 모든 것이 너무 생생했다. 내 팔을 잡은 손은 따스했고 은우의 머리카락이 바람에 흔들릴 때마다 은은한 향이 흘러 퍼졌다.

"그럴 일 없어."

"그렇게 믿고 싶어."

'이건 꿈일 뿐이야.'

나는 생각했다.

"이건 우리 둘의 꿈이야."

은우가 말했다.

우리는 한참 동안 그렇게 서로를 바라보았다. 그게 찰나였는지 하룻밤이었는지 어쩌면 영원이었는지 몰랐다. 그 세상에서 시간은 의미가 없었다. 우리 둘은 그 세상에서 함께 있었다.

그 세상에서 우리는 서로의 생각을 읽고 함께할 수 있었다. 자신을 꾸밀 필요도, 상대를 의심할 필요도 없었다. 단지 그냥 함께 있는 것만으로 상대의 진심이 느껴졌다.

우리는 마을 위를 날아다니다가 수평선이 보이는 육십 층 건물 꼭대기에 앉아 노을이 내려앉는 것을 지켜보았다. 노을은 몇 시간이고 지속되었다. 그 세상에서는 아름다운 해변에 육십 층 건물만 덩그러니 놓여 있었다. 예전에는 꿈을 꾸다 보면 괴물이 따라오기도 했고 주위가 무섭게 변해서 힘들기도 했지만 지금은 아무것도 두렵지 않았다. 은우가 옆에 있었기 때문이었다. 은우는

여름밤의 라일락 향처럼 포근했다. 그리고 그의 향기가
내 몸에 배어 버렸다.

"진짜 같아."

나는 옷소매를 킁킁거리며 은우의 향을 맡았다.

"진짜야."

은우가 말했다.

"그래."

확신 없이 말하고 있는 내 입술을 향해 은우가 다가와
서 입맞춤했다. 그 입술이 나비처럼 한없이 가볍고 부드
러워서 나는 눈물이 났다.

*

이미 죽은 사람에게 사랑을 받는다는 사실은 사람을
슬프고 외롭게 만든다.

김장호 변호사와 나는 함께 결정했다. 영혼약혼식을
하고 그들이 준비한 돈을 받기로 했다. 비현실적으로 들
리는 일이었지만 내 삶을 위한 현실적인 선택이었다.

김장호 변호사가 꾸민 서류를 보고 그의 전체 이름을

처음 알았다. '류은우.' 누가 봐도 이상한 서류를, 고급 슈트를 입은 멀쩡하게 생긴 변호사가, 멀쩡하게 꾸며진 변호사 사무실에서, 선글라스를 벗은 아름다운 윤희 앞에서 크게 낭독하는 것을 듣고 있자니 이 모든 게 그저 슬프게 느껴졌다. 그가, 아니 은우가 현실에서 나를 좋아했었다니. 아직도 믿기지 않았다.

"그 집에 머무는 기간 동안 김아리 학생에게 숙식을 제공하고, 김아리 학생이 원하면 언제든 이 계약은 무효이며, 그 집에 머무는 동안 김아리 학생이 원하지 않는 다른 어떤 것도 강요하면 안 됩니다. 김아리 학생이 한 달 뒤 그 집에서 확실히 나오는 것을 제가 확인하고 함께 서류에 서명하는 것으로 쌍방 간 계약은 이행 완료됩니다."

김장호 변호사가 말했다.

운명의 수레바퀴가 눈앞에서 빙그르르 돌았다. 이제 다시는 예전으로 돌아가지 못할 것 같은 느낌이 들었다. 엄마에게는 방학 동안 아들을 잃은 은우 어머니의 말동무를 하며 그 집에서 숙식을 해결하는 아르바이트를 한다고 둘러댔다. 당연히 윤희는 그 거짓말에 협조해 줬다. 동생 셋이 북적거리는 우리 집보다는 그 집이 공부하기에는 훨씬 나은 환경이라는 내 말도 부정하기 힘들었을 것이다. 바로 옆집이라는 점도 엄마의 걱정을 덜어주었으리라. 엄마는 잠시 고민하다가 허락해 주었다.

"쟤는 좀 이상해."

『제인 에어』나 『폭풍의 언덕』, 에드가 앨런 포의 어두운 분위기를 뿜어내는 소설들을 보느라 친구들과 잘 어울려 놀지 않던 나를 보고 아이들이 수군거렸던 것이 기억났다. 어쩌면 내 운명은 이제야 제자리를 찾아가는 것인지도 모른다.

변호사 사무실에서 나온 나는 눈에 익은 고급외제차에 낡은 캐리어 하나를 싣고 그 집에 도착했다.

창밖으로 보이는 우리 동네는 낯설게 느껴졌다. 선팅이 진하게 되어 있었지만 혹시라도 누군가 나를 알아볼까 봐 두려워 고개를 움츠렸다.

벽이 높은 그 집 앞에 서자 철제 정문이 지잉 하고 열렸다. 가슴이 높이 뛰었다. 차에서 내린 나는 주위를 둘러보았다. 확, 꽃향기가 나를 덮치는 것만 같았다.

정원에는 흰 테이블이 스무 개 정도 놓여 있었다. 각 테이블에는 여러 색의 리시안셔스가 뒤덮여 있었다. 전형적인 약혼식 세팅이었다. 이제야 실감이 났다. 부잣집 사람들은 미쳐도 곱게 미치는구나 싶기도 했다.

드디어 문이 열리고, 그 집 내부가 드러났다. 나는 숨을 삼키고 안으로 들어갔다. 들어가자마자 뭔가 좋은 향기가 났는데, 한 번도 맡아 보지 못한 향이었다. 플로럴에 약간 시원한 계열이 섞인 향이었는데 지금 계절에 잘 어울리는 향이었다.

내부는 어마어마하게 넓고 층고는 높아서, 집이라기보다는 박물관 같은 느낌이 들었다. 바닥은 회색 대리석이었고, 계단은 은색이 섞인 흰 대리석이었다. 금색으로 번쩍거리는 스탠딩 시계가 눈에 띄었고, 커다란 꽃 화분이 테이블 위에 놓여 있었다. 고딕풍으로 꾸며진 일 층 거실에는 텔레비전은 없었고 접객용 가죽 소파만 보였다. 다른 방은 거실에서는 보이지 않았다. 아마도 은우의 방은 저 위층이었지. 위를 올려다보는데, 윤희가 손가락으로 계단 위를 가리켰다.

"옷은 침대 위에 있어요. 세 벌을 준비했으니 한번 입어 보고 하나를 결정해 입으면 돼요. 약혼식은 내일 밤이에요."

윤희가 말했다.

"재희가 안내할 거예요. 그럼 난 이만."

윤희는 피곤한 듯 휘청거리며 거실을 가로질러 갔다.

"이리로 와요."

재희라는 가정부는 이십 대 정도로 보였다. 검은 원피스에 흰 블라우스를 받쳐 입은 모습이 꼭 영화 속에 나오는 메이드 코스프레를 한 것 같았다. 어쩌면 나보다 겨우 두어 살 많은 걸지도 몰랐다.

윤희가 머무는 일 층은 고딕풍, 이 층은 로코코풍이었고, 은우가 있던 삼 층은 모던풍이었다. 나는 이 집이 여러 시대가 혼재한 특이한 구조라는 걸 깨달았다.

"여기예요."

내가 머물게 될 방은 이 층이었다. 재희가 방문을 열었다. 나는 나도 모르게 숨을 들이마셨다. 크림색과 핑크색으로 안락하게 꾸며진 침실이었는데, 최신식 대형 텔레비전과 컴퓨터가 있었다. 이런 곳이라면 한 달이 아니라 평생을 살아도 좋겠다는 생각이 들었다. 방 안에는

샤워실과 화장실이 있었고, 침실 안에도 대리석 세면대가 있었다. 전체적으로 로코코풍의 예쁜 가구들이었는데, 그 대리석 세면대가 또 잘 어울렸다.

침대 위에 놓인 옷들을 본 것은 그때였다. 핑크색, 흰색, 그리고 푸른색의 서로 다른 스타일의 옷이었다. 약혼식을 위한 드레스였다. 시폰 계열의 천으로 만들어진 살랑거리는 핑크색 드레스, 흰색 비단으로 만든 클래식한 드레스, 레이스 시스루 스타일의 약간 섹시한 느낌의 블루 드레스. 나는 한 벌씩 입어 본 후에 흰색 비단 드레스를 입기로 했다. 클래식한 느낌이 마음에 들었다. 검고 긴 내 머리와도 잘 어울렸다.

"오빠, 예뻐?"

거울을 보며 내 모습을 이리저리 살펴보던 나는 나도 모르게 입 밖으로 나온 말에 지레 놀랐다. 그때였다. '응'이라는 소리가 들린 것은. 깜짝 놀란 나는 가슴을 부여잡고 천천히 뒤를 돌아보았다. 아무도 없었다. 세면대에서 물이 한 방울씩 뚝뚝 떨어지고 있었다. 가까이 가서 수도꼭지를 잠갔다. 그리고 재희를 부르는 벨을 눌렀다.

"이 세면대 고장 났어요?"

"그런 적은 없는데요. 보수 기사를 부를게요."

재희는 수도꼭지는 만져 보지도 않고 말했다. 재희가 나간 후 나는 고급스럽게 생긴 세면대 수전을 빤히 노려보았다.

"만약 은우 오빠라면 다시 물을 흘려보내 봐. 그러면 믿을게. 비겁하게 놀라게 하지 말고 정정당당하게 나와."

나는 떨리는 목소리로 말했다. 당연히 수전은 아무 반응이 없었다.

3

다음 날 아침식사를 하러 내려오라는 소리를 들었다. 뭘 입어야 할지 몰라서 그냥 깨끗한 티셔츠에 청바지를 입고 일 층으로 내려갔다. 흰 레이스 셔츠를 곱게 차려 입은 윤희가 유리 테이블 맞은편 멀리 앉아 있었다. 나는 중간쯤에 어색하게 앉았다. 오렌지 주스와 스크램블드에그가 있는 평범한 호텔 조식 같았다. 한식이 아니라 조금 당황하긴 했지만 먹을 것에 크게 신경 쓰지 않는 나는 조금씩 전부 다 먹었다.

"불편한 건 있나요, 아리 양?"

윤희가 물었다.

"없습니다. 고맙습니다."

나는 물을 마시다가 사레가 들려서 캑캑거리며 대답했다.

여전히 윤희는 표정이 없었다.

"좋아요. 오늘 밤에 손님들이 오실 거예요. 하지만 크게 신경 쓸 일은 없어요. 편하게 지내요."

언뜻 듣기에는 자상한 말투였다. 겉으로는 매우 이상적인 환경 같았다. 그는 자살을 한 걸까? 궁금하기도 하고 이해가 가지도 않았다. 하지만 다음 순간 생각해 보니, 몇 년을 살핀 주인이 죽은 지 얼마 안 됐는데 이런 일상적 대화가 오간다는 것도 신기한 일이기는 했다.

"네."

나는 고개를 끄덕였지만 왠지 안절부절못했다. 종이에 베인 손가락처럼, 뭔가 신경이 쓰였다. 윤희는 더 이상 말을 건네지 않았고 옆에 서 있는 재희와 주방 아주머니도 우리를 쳐다보지 않았지만 불편한 기분이었다.

"차 한잔할래요?"

윤희의 말에 나는 기겁을 했다.

"아뇨. 저는 이만 위로 올라갈게요."

방으로 돌아오자마자 침대에 쓰러졌다. 한숨이 나왔다. 다음부터는 방으로 식사를 달라고 해야지. 먹다가 체할 게 뻔했다.

리시안셔스의 꽃말을 인터넷에 검색해 보았다. '변치 않는 사랑'이었다. 설마 꽃말을 알고 장식한 걸까? 그냥 약혼식이나 결혼식에 어울리는 장식이어서 한 거겠지? 나는 고작 한 달밖에 머물지 않는데, '변치 않는 사랑'일 수가 없잖아.

그날은 하루 종일 집 안을 탐사했다. 신기한 예술 작품도 많아서 마치 박물관에 온 것 같기도 했다.

일 층과 이 층은 개방된 구조였다. 이 층 전면 창으로 정원이 환히 내려다보였다. 내가 앉아 있던 그네 의자도 보였다. 갑자기 창피해졌다. 물론 여기서 보면 그냥 사람이 있나 보다 정도만 보이긴 했겠지만. 그런데 문득 궁금해졌다. 이렇게 멀리서 나를 보고, 은우는 나를 좋아했던 걸까?

집의 공간들은 제각각의 이야기를 담고 있었다. 바느질 방, 하늘이 보이는 기도방, 세계 각국의 인형이 전시된 인형의 방, 그리고 그림들이 전시된 갤러리까지. 하지만 은우의 방만은 어디인지 알 수가 없었다.

어느새 침대에 누워 잠이 들었는데 날이 저물어 버렸다. 문을 두드리더니 두 명이 들어왔다. 헤어와 메이크업 아티스트라고 자신들을 소개했다.

"업 스타일로 해 드릴까요?"

헤어 담당이 물었다.

"약혼식에는 어떤 헤어 스타일이 어울릴까요?"

내가 되묻자 그들은 좀 당황하는 것 같았다. 이 사람들은 오늘이 무슨 날인지 아는 걸까? 궁금했다. 그들은 내 머리와 얼굴을 손질하면서 이런저런 얘기를 했지만 오늘 행사에 대해서는 아무것도 묻지 않았다. 아마도 묻지 말라는 지시를 받은 모양이었다.

"본인 눈이 이렇게 예쁜지 몰랐죠?"

메이크업 아티스트가 자랑스럽다는 듯 말했다. 나는 멍하니 거울 속의 나를 바라보았다. 마치 다른 사람 같았다. 검은 롱 웨이브 헤어에 반짝이는 드레스가 꽤 로맨틱해 보였다.

그때 똑똑 노크하는 소리가 들렸다. 재희였다. 그녀는 내게 편지 한 장을 주었다.

"약혼식 전에 전달하라고 집사님이 말씀하셨어요."

재희는 내게 꼬박꼬박 존댓말을 썼다.

"네, 고마워요."

나도 존댓말을 썼다. 그녀에게서 거리감이 느껴졌다. 헤어와 메이크업 팀이 자리를 뜬 후 나는 어제 고른 흰 비단 드레스를 입고 침대 옆 소파에 앉아 편지를 읽었다. 편지 겉장에는 1이라는 숫자가 크게 써 있었다.

> 여기까지 와 줘서 정말 고마워. 우리의 시간이 서로 다르다는 것은 중요하지 않아. 서로의 마음이 연결되는 게 중요하지. 사랑해.
> _은우

편지와 함께 고가의 명품으로 유명한 브랜드의 다이아몬드 목걸이와 귀걸이가 있었다. 아리의 이니셜인 A가 새겨져 있었다. 등줄기가 서늘했다. 내가 무슨 짓을 하고 있는 건가 싶었다. 미리 준비했다고? 도대체 언제 주문한 목걸이일까? 게다가 첫 번째 편지라니. 다음 편지들은 언제 전달되는 거지? 그리고 몇 번까지 있는 걸까? 은우는 도대체 언제부터 어디까지 준비한 걸까?

"제가 채워 드릴까요?"

어느새 재희가 뒤에 와 있었다.

"이 편지는 언제 쓴 건가요? 나한테 쓴 건가요?"

재희는 고개를 가로저었다. 모르겠다는 뜻이었다.

나는 고급 원피스가 구겨지는 것도 잊고 침대에 풀썩 누웠다. 온몸의 기운이 풀렸다. 그건 편지 때문이었다. 죽은 은우가 무서워서가 아니었다. '사랑해'라는 은우의 말이 심장에 내리꽂혔기 때문이었다. 그가 진심이었다는 점이 왠지 실감이 나서 눈물이 났다. 동시에 너무나도 달콤한 말이라서 몸이 부르르 떨렸다.

꿈속에서 은우가 했던 말이 생각났다.

'사랑하는 사람은 말 한마디로 자신을 무너뜨릴 수도, 세울 수도 있어.'

한숨을 쉬며 몸을 뒤척이자 다이아몬드 귀걸이가 귓가에서 흔들렸다. 내 마음도 흔들렸다. 여기 계속 있어도 되는 걸까?

약혼식에는 하객들이 많이 와 있었다. 별천지 같았다.

화려한 옷을 갖춰 입은 하객들로 가득 찬 정원에서는 왠지 화려하다기보다는 그로테스크한 분위기가 났다. 현악사중주단과 플루티스트가 아름다운 클래식을 연주하고 있었고, 참석한 남녀들은 맛있는 정찬이 놓인 테이블 앞에서 웃고 떠들고 있었다. 이 모든 게 얼마나 이상하고 기괴한 일인지 정말 아무도 신경 쓰지 않는 건가?

저 높은 담 너머 평범한 우리 집에서는 삼겹살 파티가 벌어지는지도 몰랐다. 새아빠도 엄마도, 외동딸이 옆집에서 약혼식을 하고 있다는 건 짐작도 못 할 것이다.

편지에 대해 물어보려고 했지만 와인을 마셨는지 볼이 붉어진 윤희는 하객들과 대화하느라 바빴다. 나는 은우의 이름 모를 사촌들과 함께 앉아 있었다. 하객들은 힐끔힐끔 나를 훔쳐보았다. 분위기가 어색해서 나는 잠시 화장실에 간다고 하고 자리에서 일어났다.

일 층의 게스트 화장실은 우리 집 거실만 했다. 호텔 화장실처럼 손님을 반기는 안락한 분위기가 아니라, 검은 대리석과 금색으로 마감이 되어 있어서 호화스러우면서도 프라이빗한 분위기를 자아냈다. 나는 밖으로 나가기가 싫어서 한참을 거울만 바라보았다. 거울 속의 내가 너무 낯설어 보였다. 화장도, 옷도, 그리고 얼굴의 이상한 홍조까지, 다 평소의 나 같지 않았다.

돌아와 보니 사촌들은 한참 얘기 중이었다. 정확히 말하자면 내 얘기를 하고 있었다. 내가 앉았던 자리를 자꾸 손가락질하면서 말이다. 내가 다가가자 그들은 말을 멈추고 헛기침을 했다.

약혼식은 화려했다. 음식도, 사람들도, 음악도. 하지만 내 옆에는 정작 약혼자가 없었다.

"자, 지금 은우의 혼이 여기 와 있습니다."

영매라고 자신을 소개한 여자가 모두에게 묵념을 요구했다. 자세히 보니 '소름'의 그 무당이었다. 나는 멀뚱멀뚱 그녀를 바라보았다. 그녀는 나를 힐끗 보더니 모르는 체하고 다시 하던 얘기를 이어 갔다. 떠들던 사람들이 모두 조용해졌다.

"은우는 지금 아름다운 약혼자를 보고 너무나 행복해하고 있습니다."

영매가 웃는 표정으로 말했다. 늙은 친척 할머니와 아름다운 숙모 한 명이 눈물을 흘렸다.

"이 자리에 와 주셔서 감사하고, 오랫동안 사랑해 온 제 약혼자를 소개하는 자리이니 부디 그녀에게 잘해 주세요, 라고 은우가 말하고 있습니다."

은우 또래의 사촌들이 서로 조심스레 수근거렸다. 어른들이 오라고 해서 왔지만 아무래도 이런 분위기가 낯선 것 같았다. 어른들은 미소 지으며 나를 보았지만 나도 불편하기는 마찬가지였다.

"하지만 영혼은 사람이 많은 자리에서 오랫동안 머물 수 없습니다. 빨리 식을 진행해야 합니다. 케이크를 잘라 주세요."

그녀의 지시에 따라 5단으로 만들어진 호화스러운 약혼 케이크를 자르려던 나는 무언가 번뜩이는 빛을 느끼고 그쪽을 돌아보았다가 소리를 지를 뻔했다. 나무 뒤의 그네 의자에서 기타를 치는 남자가 있었다. 큰 키, 긴 다리, 샤프하면서도 모호한 얼굴 윤곽. 어두웠지만 은우가 분명했다. 그럼 이 모든 게 나를 놀리려고 만든 이벤트인가? 그는 살아 있는 거야? 나는 한달음에 달려갔다. 구두 한쪽이 벗겨졌지만 상관없었다.

가까이 다가가자 사람의 모습은 사라지고, 그 자리에

그림자가 있었다. 그네는 앞
뒤로 계속해서 움직이고
있었다. 마치 살아 있는
누군가가 그네에 타
고 있는 것처럼. 내
눈을 믿을 수가 없었
다. 그는 여기 있었다.

"이리 와 보세요! 여기
은우 오빠가 있어요!"

내가 소리쳤지만 아
무도 오지 않았다.

"여기 있다고요!"

그네는 이제 미친 듯
이 앞뒤로 움직이기 시작했다. 내가 자리를 비우면 그네
가 멈춰 버릴 것 같아서, 나는 최대한 크게 소리를 질렀
다. 그네는 나무 뒤에 있었기 때문에 사람들에게 보이지
않았을 수도 있지만 누구든 내 고함은 들었을 텐데. 아
무도 오지 않았다.

이 분 정도 지났을까? 내 인내심에도 한계가 왔다.

"이걸 보라고요!"

나는 화가 날 지경이었다. 그네는 여전히 아무도 밀지 않는데도 열심히 앞뒤로 움직이고 있었다.

이젠 정말 어쩔 수 없었다. 나는 한쪽 신발이 벗겨진 채로 절뚝거리면서 나무를 지나 잔디밭을 가로질러 갔다.

그때였다. 은우와 똑같은 눈을 한 남자가 내 신발 한 짝을 들고 서 있는 게 보였다. 놀란 내가 입을 못 열고 있자 그가 먼저 말을 걸었다.

"저는 은우 형 사촌동생이에요. 은우 형이랑 많이 닮았죠? 이거 그쪽 신발인 것 같은데."

그의 말이 끝나기도 전에 윤희와 다른 남자 한 명이 다가왔다.

나는 구두를 받아 신었다.

"왜 아무도 안 왔어요? 제 목소리가 안 들렸어요?"

"들려서 왔잖아요. 신발이 벗겨지는데 달려가길래 곧바로 따라왔는데."

은우의 사촌이 말했다.

"무슨 소리예요. 이 분 정도였다고요. 제가 얼마나 많이 소리 질렀는데."

주위 사람들이 모두 이해가 안 된다는 표정으로 듣고 있었다.

"넌 딱 한 번 소리쳤어."

윤희가 말했다. 이번에는 내가 이해가 안 될 차례였다. 신발이 벗겨졌는데 곧바로 따라왔다고? 한 번의 소리침이었다고? 그들에게는 불과 몇 초가 흐른 거였다.

"분명히 그네가 움직이고 있었어요."

나는 사람들을 끌고 그네 쪽으로 갔다. 그네는 꼼짝 않고 그 자리에 멈춰 있었다.

"자, 이리 와."

윤희가 내게 손을 내밀었다. 부들부들 떨고 있는 나의 맨 어깨에 은우의 사촌이 자신의 재킷을 덮어 주었다.

"분명히 이 분이었다고요."

"몇십 초였어."

윤희가 다짐하듯 말했다.

"그럼 이 분 동안 난 어디를 다녀온 거예요?"

내 말에 모두 조용해졌다.

"잠시 다른 세상에 다녀온 거지."

영매가 말했다.

"무슨 세상이요?"

"너와 함께 있고 싶어 한 은우의 열망이 강해서, 잠시 너와 그의 세상의 경계가 무너진 거야."

영매는 알 수 없는 소리를 했다.

"그가 세상의 경계를 무너트렸다고요?"

나는 오들오들 떨면서 말했다. 마치 오래달리기를 한 것처럼 피곤했다. 영매는 걱정스러운 눈빛으로 내 정수리를 세게 눌렀다. 머리가 시원해지는 느낌이었다.

"위험했어."

"이제는 그런 일 없을까요?"

"이 집에서 나가. 나갈 수 있을 때."

영매가 내 귀에 속삭였다.

"하지만……."

"하지만…… 어려울 거야. 이미 들어온 이상 네 발로는 못 나가지. 은우 마음이지."

영매는 차갑게 말했다.

　　　　　　　　　　*

　약혼식은 그렇게 끝나고, 나는 방으로 돌아왔다. 더 이상은 안 됐다. 여기 머물 수 없었다. 떨리는 손으로 번쩍이는 다이아몬드 목걸이를 풀고 귀걸이를 내려놓았다. 고급 드레스도 벗었다.

　"들어가도 돼?"

　윤희의 목소리였다.

　"이건 절에서 받아 온 특별한 목걸이야. 가져. 널 지켜줄 거야. 못하겠으면 얘기해. 오늘 밤은 너무 늦었고, 내일 아침에 집에 데려다줄게."

　윤희가 말했다.

　"분명히 봤어요."

　"뭘?"

　"은우 오빠요."

　"아, 그 아이는 은우가 아니야. 은우 사촌동생이지."

　사촌동생이 그렇게 닮을 수가 있나? 쌍둥이라고 해도 믿을 정돈데? 어쨌든, 그렇다면 예전에 내가 길에서 본 은우 오빠도 사실은 은우가 아니라 그 사촌동생이었을 수도 있었다. 하지만 나는 계속 주장했다.

"아뇨. 분명히 은우 오빠였어요."

"헛것을 본 거야. 마음이 불안해서."

그녀는 표정 하나 변하지 않았다. 하긴. 처음부터 윤희는 귀신 따윈 절대 안 믿을 것 같은 이성적인 사람으로 보였다.

"아니라니까요."

그때였다. 세면대 수전에서 물이 뚝뚝 떨어지기 시작했다. 이번에는 마치 눈물을 흘리는 것 같았다. 나는 자리에서 벌떡 일어나 세면대 앞으로 갔다.

"보세요. 이상하지 않아요?"

"넌 내일 아침에 돌아가는 게 좋겠어."

윤희가 말했다.

"전 미친 게 아니에요!"

"너보고 미쳤다고 하지 않았어."

윤희는 침대에 털썩 주저앉았다.

"미친 건 은우지."

4

같은 층이었지만 은우 오빠의 방은 멀었다. 사우나실을 지나서 공동 휴게실을 지나 작은 주방까지 건너야 했다. 나 혼자였다면 그 방을 절대로 못 찾아냈을 것이다. 뽀얀 우유색 같은 유리 벽들 사이에 같은 색 문이 숨어 있었다. 윤희가 그 유리 문을 누르자 안으로 문이 열렸다.

눈앞이 온통 푸른 잔디밭이었다. 전면의 통창은 컴퓨터 화면으로 쓸 수 있는 유기발광다이오드(OLED) 패널이었다. 정원이 한눈에 들어오는 그 풍경에 나는 완전히 압도됐다. 마치 정원에 있는 것 같았다. 창문은 완전히 닫혀 있었고 환풍 시스템은 환풍기로만 작동되는 것 같왔다.

나는 방 안을 둘러보았다. 침대도 없고 책상도 없었다. 마치 다른 세상 같았다. 이런 곳에 혼자 있으면 어떤 기분일까?

"은우가 가구를 싫어해서 모두 없앴어."

윤희가 리모컨을 누르자 검은 대리석 벽에서 검은 유리 책상이 튀어나왔다. 등받이가 없는 의자도 함께 나왔다. 건드리면 깨질 것만 같아 나는 앉을 엄두도 못 내고 멀찌감치 서 있었다.

"은우는 병이 있었어. 온몸이 굳어져 가는 병이었지. 한번 발작이 일어나면 몇 개월에 한 번 정도 몸이 돌아와. 그렇지 않을 때는 한 자리에 누워 있어야 해. 누가 도와주지 않으면 리모컨도 움직일 수 없었지."

윤희가 한 번 더 리모컨을 누르자 전면 창이 컴퓨터 화면으로 바뀌었다. 텔레비전도, 컴퓨터도 가능했다. 더 놀라운 것은 CCTV 화면이 보인다는 거였다. 화질이 너무 좋았다. 그제야 알았다. 은우가 나를 어떻게 좋아하게 되었는지. 화면이 확대되자 그네가 바로 눈앞에 나타났다. 이 방에서 은우는 나를 바라보고 있었던 것이다.

"처음에는 일부러 그러려던 게 아니었어. 고등학교 일 학년 때 갑자기 발작이 시작됐지. 꼼짝도 못 하고 누워 있어야 하는 상황을 많이 힘들어했어. 채널을 돌리다가 CCTV를 우연히 보게 되었나 봐. 그렇게 이 방에서 일 년을 보냈어."

CCTV로 이렇게 나를 지켜보고 있었다는 말에 놀라고 조금 섬뜩하기도 했지만, 사정을 듣고 보니 그럴 만하다는 생각이 들었다. 이렇게 정원을 바라보고 있노라

면 방 안에 있어도 밖에 있는 것 같다는 생각이 들었으리라. 나를 보면서 자신도 밖에 나가 나와 함께 그네를 타고 있다고 상상했을 것 같기도 했다.

"은우는 자신이 식물인간이 될 거라는 사실을 알게된 뒤 몇 달 뒤에 자살 시도를 했어. 식물인간으로 평생을 살고 싶지 않다는 거였지. 원래는 테라스에서 기타를 연주한 후 약을 먹고 뛰어내리려고 했는데, 웬일인지 마음을 바꾸었어. 그리고 자신의 죽음을 미리 계획하기 시작했어. 우리는 회의를 했지."

윤희는 말하다 말고 숨을 들이마셨다. 숨도 못 쉴 만큼 긴장한 나도 숨을 들이마셨다. 기타를 연주하다가 떨어지려고 했던 날이라면, 설마 그날인가? 내 생일, 내가 그를 따라갔던 날? 그런 몸 상태로 밖을 돌아다녔을 리는 없었다. 그럼 내가 따라갔던 그는 누구지? 난 뭘 본 거지?

"자살 방조가 되기 때문에 우리는 그날이 언제인지 몰라야만 했어. 그리고 그 사건이 벌어진 거야. 우리는 공식적으로 아무것도 몰라. 그가 스스로 몸을 날렸는지, 아니면 갑자기 몸이 풀려 자기 몸을 제어하지 못해 사고로 떨어진 건지, 아니면 그 병이 기어이 그를 잡아먹은 건지. 주치의는 어차피 그 병 때문에 길어야 몇 달 정도밖에 살 수 없을 거라고 했어."

"뭐라고요?"

나는 기겁했다.

"진정해. 만약 네가 이 계약에 응하지 않았다면 우린 너에게 이런 얘기는 절대 하지 않았을 거야."

"우리라고요?"

"정확하게 말하자면 은우지. 네가 허락하지 않으면

은우는 너한테 절대로 편지를 주지 말라고 했어. 하지만 네가 허락한다면 딱 한 달만, 딱 한 달의 너의 시간을 계획하게 해 달라고 했어."

"자기가 죽고 나서의 삶을 계획했다고요?"

나는 가슴이 아려 왔다. 그 상대가 나였다는 게 등골이 서늘할 뿐이었다.

"약혼식 날 편지도 그렇고, 은우가 네게 편지를 쓴 건 한 달에 한 번 정도 움직일 수 있는 날에 쓴 거야."

"더 이상은 됐어요. 저는……."

나는 뒷걸음질을 쳤다. 유리 벽에 부딪혔다. 뒤로 돌아 문을 열려고 했지만, 문이 보이질 않았다. 윤희가 천천히 다가와 손가락으로 유리를 두 번 두드리자, 문이 열렸다.

"생…… 생각할 시간이 필요해요."

내 방으로 돌아와 나는 침대에 누웠다. 이 모든 게 실감이 나지 않았다. 쿵쾅쿵쾅 뛰는 심장이 내 것 같지 않았다. 그동안 내가 생각했던 모든 게 사실이 아니었다. 이건 스토킹인가? 그런 생각도 잠깐 들었지만 멀리서 지켜보기만 했으므로 그렇게 이야기하기도 애매했다.

또 나는 어떤 위협도 느끼지 못했으니까.

재희가 들어와 테이블 위에 은쟁반을 놓았다. 편지가 있었다.

나는 미쳐 가는 걸까. 어제 본 은우는 정말 귀신이었을까.

편지를 쳐다보기도 싫었다. 찢어서 휴지통에 버렸다.

도망갈까.

그러나 나는 뭔가를 쉽게 포기하는 사람은 아니었다. 귀신이 보인다고 해서 그 큰 돈을 포기할 수는 없었다. 기묘한 약혼식이 있었던 정원은 깔끔하게 정리돼 있었다. 나는 현실적인 사람이었다. 부잣집 도련님이었던 은우는 비현실적으로 살다가 비현실적으로 죽었지만, 그리고 죽고 나서도 비현실적이었지만 나는 그렇지 못했다. 미래를 생각해야 했다.

방으로 들인 저녁식사를 끝낸 후 똑똑, 노크 소리가 들렸다. 윤희였다.

"들어오세요."

문이 열리더니 약간 가라앉은 표정의 윤희가 있었다.

"아무리 주인의 부탁이지만 이건 아닌 것 같아……."

윤희는 말을 잇지 못했다.

아무리 돈이 좋아도 은우의 마음을 상하게 하고 싶지는 않았다. 은우를 오랫동안 보좌한 집사의 마음을 상하게 하는 것도 내 의도가 아니었다.

"네가 오직 돈 때문에 여기 머무른 게 아니라는 거 알아."

잠시 마음을 추스르는 듯하던 윤희가 말했다. 그리고 자리에 앉더니 나보고도 앉으라고 고갯짓을 했다. 윤희는 내 손을 잡았다. 차갑고 부드러운 손이었다. 그녀는 자신이 '류은우 재단'의 회장이라고 했다. 은우가 걸린 그 병의 연구자와 환자를 후원하며 은우를 기리기 위한 재단이라고 했다.

"이 말은 안 하려고 했지만, 은우의 마지막 소원을 들어주기 위해 우리 재단은 돈을 많이 썼어. 한 달 동안 네가 편하게 지내게 하려고 전용 메이드를 고용하고 네 방을 꾸몄지. 여기 있는 가구며 소품들은 은우가 하나하나 다 고른 거야. 그 외에도 은우가 너에게 주는 선물이 있어. 네게 주기로 한 돈이 우리에게 은우보다 중요한 게

아닌 것처럼 너에게도 그럴 거라는 확신이 있었어. 그런
데……."

"죄송해요."

나는 더 이상 할 말이 없었다.

"너도 스트레스를 많이 받았겠지. 약혼식이니 뭐니."

"죄송해요."

나는 앵무새처럼 중얼거렸다. 이 상황을 빨리 끝내고
싶었다.

윤희가 벨을 누르자 재희가 들어왔다. 은쟁반 위에는
내가 찢은 편지가 다 붙어 있었다.

"읽어 봐. 난 나가 있을게."

윤희는 기계처럼 한 번 미소를 짓더니 일어서서 돌아
섰다. 나도 기계처럼 편지를 들었다.

약혼식이니 뭐니 너무 힘들었지. 그리고 나에 대한
생각도 안 좋아졌을 것 같아. 그럼 시원하게 이 편지
를 찢어. 갈기갈기 찢어 버려. 나라고 생각하고 속 시
원히 찢어 날려 버려. 널 원망하지 않아. 이해해. 이

계획과 선물들이 네 마음에 들지 않는다면 이 집을
당장 나가도 좋아.

그리고 마지막에는 첫날 편지의 문구가 금박으로 인
쇄돼 있었다.

우리가 머무는 시간이 서로 다르다는 건 중요하지
않아. 서로의 마음이 연결되는 게 중요하지. 사랑해.
_은우

믿을 수 없었다. 내가 편지를 찢으리라는 걸 어떻게
알았을까? 찢어진 흔적이 역력한 편지를 들고 나는 한
참을 앉아 있었다. 분명히 아까 내가 찢은 그대로였다.
첫 부분에 '약혼식이니 뭐니 힘들었지'라는 부분을 잠시
읽었기 때문에, 이 편지가 아까 그 편지가 맞다는 건 분
명했다.

어제 혼자 흔들리던 그네를 보았을 때보다, 세면대 수
전에서 물이 떨어질 때보다 더 무서웠다. 부들부들 몸이

떨렸다. 그러다 이런 생각이 들었다. 이것도 알고 있는 거 아닐까? 혹시 은우의 마음이 정말 나와 연결되어 있다면, 지금도 나를 보고 있는 걸까? 아니면 나는 그냥 미쳐 가고 있는 건가?

시계를 보니 여덟 시였다. 꼭꼭 닫았던 커튼을 열었다. 밤의 정원에는 그네 위에만 조명이 비치고 있었다. 나는 계단을 내려가 정원으로 나갔다. 어제 일이 생각나면서 몸이 다시 떨리기 시작했지만 절대로 지지 않을 생각이었다.

"은우 오빠! 지금 있다면 나와 줘! 나랑 얘기해! 귀신이라도 좋아! 정정당당히 나와!"

나는 소리쳤다. 당연히 아무도 대답하지 않았다. 대신, 그네 위에 작은 선물 상자가 보였다. 상자를 여니 그 안에는 메모와 반지가 있었다.

> 귀신들 중 그 누구도 널 못 해쳐. 걱정하지 마. 이 반지를 끼고 있으면 아무도 널 건드리지 못할 거야.
> _은우

나도 모르게 반지를 꼈다. 새끼손가락에 꼭 맞았다. 약혼반지일까.

저택 쪽을 바라보니, 일 층 창 한 곳의 커튼이 급히 닫히는 게 보였다. 윤희의 침실이었다. 윤희가 보고 있었나 보다. 이 편지에는 금박 문구가 박혀 있지 않았다. 손으로 '은우'라고 써 있는 곳을 훑으니 다 마르지 않은 잉크가 번졌다.

다음 날 아침에도 방 안으로 음식이 전해졌다. 나는 정원에서 먹겠다고 했다. 따사로운 햇살을 받으며 샐러드와 간단한 햄버거를 썰어 먹었다. 멀리 CCTV가 보였다.

"잘 잤어?"

윤희가 들어와 안부를 물었다. 챙이 넓은 모자를 쓰고 원피스를 입고 있었다.

"네. 잘 주무셨어요? 아침식사는 하셨어요?"

"응. 난……."

내가 친절하게 굴자 윤희는 조금 당황하는 기색이 역력했다.

"편지를 다 주세요. 한 번에 다 읽지는 않을게요. 하루에 하나씩 읽으려고요. 하지만 어제처럼 가짜 편지는 주지 마세요."

"그게 가짜인 걸 어떻게 알았어?"

윤희는 품위를 잃지 않고 건조하게 물었다.

"아."

"그건 네가 겁을 먹을까 봐 걱정돼서 내가 쓴 거야. 다른 뜻은 없었어."

윤희가 말했다.

"알아요. 반지는 돌려드릴게요."

나는 손가락에서 반지를 뺐다.

"아니야. 끼고 있어. 그 반지는 은우가 마지막으로 고른 거야."

윤희가 말했다.

"그런데 은우가 쓴 게 아니라는 건 어떻게 알았어?"

윤희가 다시 물었다.

"은우 오빠 스타일이 아니었으니까요."

나는 고개를 기울이고 새끼손가락에 낀 반지를 천천히 감상했다. 아름다웠다. 깔끔하고 단정한 것이 은우를 닮았다. 그런 나를 윤희가 물끄러미 쳐다보았다.

5

흰 프렌치 데스크에 놓인 편지 더미를 보았다. 옛날 중세시대 귀족들이 이렇게 편지를 주고받았을까. 편지 위에는 숫자가 적혀 있었다. 2부터 24까지. 남은 날 동안 이틀에 한 통씩 보면 될 양이었다. 모두 금박으로 레터링이 되어 있었고 빨간 촛농으로 밀봉되어 있었다.

방 안을 다시 한 번 둘러보았다. 모두 은우가 골랐다는 가구들. 왜 로코코풍을 선택했는지는 모르겠지만 마음에 들었다. 하얀 프렌치 데스크도 좋았고, 오드리 헵번이 잠들 것만 같은 하얀 침대와 우아한 화장대도 좋았다. 여기에 하얀 페르시안고양이만 있으면 딱 어울릴 것 같았다. 하지만 한 달 정도 머물 공간인데 고양이까지 구해 달라고 할 수는 없다.

화장대 위에는 은우가 골랐을 향수들이 여러 병 놓여 있었다. 나는 그중에 분홍색 향수병을 하나 들어 귓가에 뿌려 보았다. 바닐라에 플로럴 향이 풍겨 왔다. 소녀 같은 향기였다.

'2'라고 쓰여 있는 편지의 겉봉투를 보았다. 그리고 창문을 열었다. 여름이 한창인데 태풍이 오려는지 강한 바람이 불고 있었다. 에어컨이 돌아가고 있어 서늘했던 방 안에 바깥의 후끈한 바람이 기분 좋게 감겨 왔다. 재희가 두었는지 테이블 위에는 얼음을 넣은 레모네이드가 있었다. 한 잔을 따라 마셨다.

그제야 나는 소파에 앉아 천천히 봉투를 열었다.

아리야. 내가 죽으려고 했던 그날, 우연히 널 봤어. 생일 선물들을 해바라기마냥 바라보며 좋아하는 네 웃는 얼굴을 보고 나는 생각했어. 너의 모습을 조금 더 보고 싶다고. 그리고 내가 죽고 나서도 네가 여전히 해바라기처럼 웃었으면 좋겠다고. 내 마음이 네게 전달되었으면 해.

어제 약혼식 기념으로 발매됐을 거야. 널 위한 노래야. 널 생각하는 내 마음을 담았어.

우리가 머무는 시간이 서로 다르다는 것은 중요하지 않아. 서로의 마음이 연결되는 게 중요하지. 사랑해.

_은우

이렇게만 쓰여 있었다.

발매가 되다니……? 이게 무슨 소리지? 노래?

나는 재희를 불렀다. 그녀도 전혀 모르고 있었다.

나는 유튜브를 열어 은우를 검색했다. 그러자 뮤직비디오가 떴다. 그가 연습생으로 있던 곳의 레이블이었다. 나는 떨리는 손으로 화면을 클릭했다.

화면 안에서 은우가 살아 움직이고 있었다. 뮤직비디오는 아일랜드에서 촬영한 것 같았다. 더블린 해변의 기암절벽과 파스텔 톤의 아름다운 색감 속에서 은우가 기타를 치고 있었다.

처음 들었을 때는 약간 기묘한 인디밴드의 음악 같았

다. 낮고 우울한 목소리, 그리고 비에 젖은 듯한 감성. 하지만 들으면 들을수록 마치 은우와 바로 옆에서 대화하는 듯한 친밀감이 들었다.

블루 스카이. 내가 지금 있는 이곳은 조금 낯설어.

딥 딥 레드. 시간도 공간도 알 수 없는 그 어떤 곳이야.

하지만 깨어나자마자 닿을 수 없는 네게 손을 뻗어.

어떡해. 네 미소가 좋아졌는데.

어떡해. 네 마음을 잡고 싶어졌는데.

손으로 잡을 수 없는 여름 바람을 사랑해.

나는 알아. 너는 나를 사랑할 거라는 걸.

시간이 달라도 우리는 같이 있어.

음악이 끝나자 '투 비 컨티뉴드(To be continued)'라는 자막이 떴다. 나는 멍하니 뮤직비디오를 반복해서 감상했다. 은우는 도대체 무슨 생각이었던 걸까. 포털사이트 실시간 검색어에 '은우'가 올라와 있었다. '죽은 가수'라는 검색어도 있었다. SNS도 은우 때문에 시끄러웠다.

갑자기 내 핸드폰에 메시지들이 들어오기 시작했다.

'저거 너 아냐? 은우 앨범 커버 사진.'

　나는 다급하게 앨범 커버를 확인했다. 화관을 쓰고 두 사람이 마주 보고 있는 그림이었다. 사진은 아니고 그림이었지만 분명히 내 얼굴이었다. 마치 나도 그곳에 있었던 것처럼 자연스러웠다. 나는 멍하니 서서 창밖을 내다보았다. 넓은 잔디밭 한가운데 그네가 바람에 살짝 흔들렸다.

6

　은우의 노래는 뉴스에도 나올 정도였다. 소속사 사장
이 나와서 인터뷰를 했다.

　"가수의 불행한 죽음을 이용하는 노이즈 마케팅이 아
닙니다. 앨범 발매는 가수의 생전 소망이었습니다. 생
전에는 매우 아팠기 때문에 앨범을 낼 여유가 없었거든
요."

　소속사 사장은 담담하게 말했다.

　"그러면 앨범은 몇 장 발매 예정인가요? 다음 앨범은
언제 발매되나요?"

　"그건 죄송하지만 지금은 말씀드릴 수 없습니다. 류

은우 재단과 계약이 되어 있어 발설하지 못합니다."

나는 인터뷰를 보고 깊은 늪에 빠진 기분이었다. 지금이라도 이 늪을 벗어나야 하는 건 아닐까.

은우 오빠. 내가 어떻게 하길 바라? 나는 세 번째 편지를 보았다.

은우봇을 봐.

그렇게만 써 있었다.

벽 한 면의 전부가 유기발광다이오드 패널로 되어 있는 컴퓨터로 은우봇을 열었다. 그러자 은우가 튀어나왔다. 아니 홀로그램이었다. 홀로그램이 너무나도 실제와 같아서 믿을 수가 없었다. 백팔십 센티미터가 넘는 키에 마른 몸매 그대로였다.

홀로그램 은우가 손으로 어딘가를 가리켰다. 장갑 같은 것이 있었다. 그걸 끼고 나니 그가 내게 손을 내밀었다.

"안녕."

은우의 말에 나는 둥둥 뛰는 내 심장 소리를 무시하고 손을 내밀었다. 그러자 그의 손의 느낌이 그대로 느껴져서 나는 멈칫 한 발 뒤로 물러났다.

"너무 세게 잡아서 놀랐니?"

홀로그램 은우가 말했다.

"아니."

나는 떨리는 목소리로 말했다. 꿈속과는 또 다른 느낌이었다. 너무 약하지도 세지도 않게 잡은 게 딱 은우의 성격과 같았다. 철저히 완벽한. 나는 홀로그램 주위를 빙빙 돌았다.

"저걸 입으면 손뿐만이 아니라 내 몸 전체를 다 느낄 수 있어."

홀로그램 은우가 장갑 옆에 있던 점프 수트를 가리키며 말했다.

"살아 있을 때 내 몸의 압력 측정을 해서 설정한 거야. 내 기분에 따라서 압력이 달라지게 설정되어 있어."

"기분이라니?"

"나도 기분이 있어. 네 기분에 따라 반응하게 설정되어 있지."

"그럼⋯⋯."

"네가 원하는 스킨십은 뭐든 할 수 있어. 언제든. 어디서든."

내가 말을 잇지 못하자 은우가 웃으며 말했다.

"아니야. 그럴 생각 전혀 없어."

나는 고개를 저었다. 홀로그램 은우도 결국 은우봇일 뿐이었다. 은우봇은 스타들이나 이미 죽은 사람들이 평소에 하던 말들을 그대로 읊어 주는, 일종의 딥페이크 AI 프로그램이었다. 이를테면 가짜 동영상 제작 프로그램이다.

요즘 스타들은 자신들이 직접 무언가를 홍보하기보다는 '봇'을 관리했다. 예를 들어 스타에게 메시지를 보내면 봇이 답변하는 식으로 말이다. 가상현실에서 그 효험은 몇 배나 증폭되었다. 가상현실 안에서 자신의 취향을 구십 퍼센트 이상 반영한 모습과 배경을 만들 수 있는 봇들을 어떻게 거부할 수 있겠는가. 개인 취향을 알아내는 데이터 수집은 일도 아니었다. 확률싸움이었다. 구십 퍼센트가 넘는 승률이었다. 물론 팬들은 졌다. 팬들은 봇들의 프로포즈를 승낙했다. 행복하게.

은우의 오피셜 계정인 은우봇 SNS에는 은우의 사진들이 올라가 있었다. 웃는 은우, 슬퍼하는 은우, 장난스러운 표정을 지은 은우……. 사람들은 그 사진들에 댓글을 달았고, 은우봇은 그에 대답해 주었다. 화면 속의 은우는 살아 있는 사람과 다를 게 없었다. 그는 온라인 세상에서 영원히 살아 있었다. 현실에서는 죽었지만.

본인의 예약 메시지입니다.

은우가 말했다. 이것은 봇이 아니라 류은우가 직접 메시지를 보냈다는 뜻이다. 은우 방 공중에 메시지가 떴다.

내 꿈은 단순했어. 정원에서 그네를 타고 있는 너를 멀리서 바라보면서 그런 꿈을 꾸었지. 너와 눈을 맞추고, 너와 대화를 나누고, 너의 체온을 느끼고. 너무나 그러고 싶어서 어쩔 땐 마음이 아플 정도였어. 하지만 몸이 굳어져 가는 나로서는 방법이 없었어. 괜히 널 놀라 도망가게 했겠지. 그러면 우리 집 정원에 놀러 오는 너를 보는 것도 끝일 거라는 생각이 나를 움츠러들게 했어. 꿈속에서만 너와 만날 수 있었지. 이 노래를 들어 봐. 너랑 꿈속에서 만나고 싶을 때마다 잠자기 전에 들었던 노래야.

⟨Joceleyn flores-lofi⟩라는 제목이었다. 링크를 클릭해 노래를 틀고 소파 위에 있는 곰 인형을 안았다. 은우

봇도 내 옆에 앉았다. 잔잔해서 잠들기에 정말 좋은 곡이었다.

나는 창문을 열었다. 별 하나 보이지 않는 밤의 허공을 한참 동안 바라보았다. 그랬을까? 우리가 만났다면 나는 도망갔을까? 움직이지 않는 그를 보고 놀라서?

홀로그램 은우는 활발하게 움직이고 웃기도 하고 말도 한다. 하지만 현실 속에서 그는 눈만 깜빡이고 있는 사람이었을 것이다. 자존심이 센 그는 그런 모습을 사랑하는 사람에게 보이고 싶지 않았을 거였다. 하지만 알고 싶었다. 어떤 느낌이었을까. 은우의 찰랑이는 검은 머리칼을, 복숭아 같은 피부를 만져 볼 수 있었다면. 그런 생각을 하다가 나도 모르게 잠이 들었다.

은우의 길고 하얀 손이 나의 팔을 솜사탕같이 부드럽게 흔들었다.

"여기서 잠들면 안 돼. 감기 들어."

은우의 목소리가 귀에 감겼다.

"오빠가 창문 닫아 주면 되잖아."

눈을 뜨고 싶지 않았다. 눈을 뜨면 그가 사라질 것 같왔다.

"난 살아 있는 사람이 아니야. 창문을 닫을 수는 없어."

꿈이었다. 꿈속에서 나는 이게 꿈이라는 걸 확실하게 알고 있었다. 힘겹게 눈을 떴다. 은우를 제대로 느껴 보고 싶었다. 머리카락, 눈매, 웃음, 어깨…… 흰 셔츠 깃에서 싱그러운 냄새가 풍겼다. 그런데 점점 몸이 오슬오슬 추워졌다.

"창문 닫아 줘. 추워."

나는 다시 한 번 말했다.

은우는 나비가 꽃에 앉듯 가볍게 내 이마에 입맞춤하고 일어났다.

"그래. 네 소원이라면."

은우는 그렇게 말했고 나는 잠에서 깼다.

창문은 닫혀 있었다. 새벽 네 시였다. 일곱 시까지 두근거리는 가슴을 안고 기다렸다가 재희에게 물으니 창문을 닫은 것은 자기라고 했다. 새벽에 잠시 화장실에 가려고 나왔다가 열린 문으로 창문이 열린 걸 보고 들어가 창문을 닫았다는 것이다.

"새벽에 잘 안 깨는데 어제는 악몽을 꿨거든요."

재희가 말했다.

"무슨 악몽이요?"

"아리 씨가 물에 빠져 허우적거리는 꿈이었어요."

재희의 무표정한 얼굴이 약간 더 굳어 보였다.

"좋은 꿈이네요. 재희 씨가 안 일어났다면 전 감기에

걸렸을 거예요."

나도 웃으며 말했다. 은우가 재희의 꿈에 들어가 도와

줬다는 생각이 든 것은 내 착각일까.

아리야. 오늘은 기분이 어땠어? 난 정말 날아가도 좋을 만큼 기분이 좋아. 비가 오고 있어서 아무 곳으로도 날아갈 수는 없지만 말이야. 지금 여긴 7월 18일. 거긴 언제야? 네가 나와 약혼식을 하고, 내가 살던 곳에서 자고, 내 메시지를 읽는 모든 것들이 내게 얼마나 큰 의미인지 모를 거야. 고마워.
네 소원을 말해 봐. 내가 들어줄게.
추신. 이 편지를 재단 회장님께 보여 줘. 최대한 들어 주려고 노력하실 거야.

"소원이라고?"

나도 모르게 말했다. 그리고 생각에 잠겼다.

외출했던 윤희와 만난 것은 오후 네 시였다.

메시지를 보여 주니 윤희는 약간 시선이 흔들리더니 잠시 눈을 감았다가 떴다.

"이제 티 타임이네. 차나 한잔 마시면서 네 소원을 들어 볼까?"

윤희가 말했다.

정원에 티 테이블이 마련되었다. 큰 차양이 펼쳐지고, 비가 갠 뒤의 여름 바람이 기분 좋게 불어왔다. 테이블 위에는 늘 준비되어 있는 빵이 아니라 유명 베이커리에서 만든 디저트가 올라왔다. 나는 과일 홍차를 마셨고 윤희는 아메리카노를 마셨다.

"저는 먹을 것도 입을 것도 별로 필요 없어요. 소설을 쓰고 싶어요. 전담 선생님이 절 가르쳐 주셨으면 좋겠어요."

나는 말을 꺼냈다.

"어려운 부탁은 아니야. 하지만 우리는 네가 한 달 동안 다른 사람 말고 은우에게만 집중해 줬으면 좋겠어."

"그냥 선생님일 뿐이에요."

"대신 다른 것들은 다 준비해 줄게. 비대면 온라인 강의나 첨삭 지도 정도는 가능해. 다른 건 필요 없어?"

윤희는 아메리카노 잔을 들었다. 당연히 다음 소원이 있을 줄 아는 표정이었다.

"됐어요."

나는 홍차 잔을 내려놓았다. 나비처럼 가볍고 얇고 비싸 보여서 잔을 들 때마다 깨트릴까 봐 무서웠다.

"그럼 공부 관련해서 결제할 일이 있으면 뭐든 이 카드를 써."

윤희는 카드를 내놓았다.

"뭐 사고 싶은 게 있어도 이 카드를 쓰면 돼."

"네."

나는 그렇게 말했지만 이미 너무 많은 걸 받아서 부담스러웠다.

"그만 일어날게. 언제든 필요하면 불러. 한 달 동안 난 어디도 안 나갈 테니까."

윤희가 일어섰다. 나도 인사하려고 일어서다가 그만 홍차 잔을 떨어뜨렸다. 그걸 집으려고 허리를 굽히면서 나는 비틀거렸다. 윤희가 팔을 잡아 주어서 겨우 중심을 잡을 수 있었다.

"조심해. 넌 지금 우리 집에서 무엇보다 제일 소중한 거야."

윤희는 소중한 사람이라고 하지 않고 소중한 것이라고 했다.

"비가 와서 좀 미끄럽네. 빨리 들어가자."

홍차 잔은 잔디밭 위에 떨어진 채였는데, 윤희는 본

척도 않고 나를 부축해 그 자리를 떴다.

"거기 어디야?"

"방 진짜 멋지다. 나도 가도 돼?"

같이 공부를 하게 된 친구들이 영상통화를 하며 노트북으로 공부를 시작한 나에게 말을 걸었다.

"안 돼. 여긴 외부인 출입금지야."

"넌 운도 좋다."

방학 동안 머물게 된 게스트하우스 비슷한 거라고 대충 둘러댔더니 친구들이 부러워했다. 내가 운이 좋은 걸까? 나는 생각했다. 은우는 나를 CCTV 화면 너머로 지켜보면서 사랑에 빠졌다. 나는 그가 죽고 나서 그가 남긴 메시지와 노래들을 통해 사랑이 깊어졌다. 나는 은우 봇과 그의 모든 것을 사랑했다.

우리는 서로를 몰랐다. 서로 사랑하는 마음을 모른 채 담장을 사이에 두고 일 년이라는 시간을 흘려보냈다. 그리고 그가 죽은 이후에야 서로의 마음을 확인했다.

공부를 하다 말고 나는 자리에서 일어나 문을 나섰다. 복도에는 아무도 없었다. 긴 복도를 지나 은우의 방에 이르렀다. 여기저기를 두드려 봤지만 문은 열리지 않았다. 말갛고 흰 유리를 손가락으로 훑으며 지나가자 빈틈이 느껴졌다. 여기가 문이야. 나는 윤희가 했던 것처럼 톡톡 두 번 두드렸다. 그러자 문이 열렸다.

방은 지난번 그대로였다. 벽에 부착된 리모컨을 꺼내 이것저것 만져 봤다. 블라인드가 내려오고 에어컨이 켜

지고 침대가 나왔다가 들어갔다. 그리고 천장이 열렸다. 나는 유리창을 통해서가 아닌 그대로의 하늘을 올려다보았다. 방 안에 있었지만 밖에 있는 느낌이었다. 하늘을 좀 더 잘 보기 위해 바닥에 누웠다. 진한 고동색의 마루 결이 시원하게 와 닿았다. 하늘 위로 구름이 흘러가고 있었다. 주인이 없는 방에서 나는 하늘을 보고 물었다. 은우 오빠, 거기 있어?

*

아침에 일어나자 DM이 울렸다. 은우가 예약한 메시지였다.

> 이제 집이 좀 편안해졌어? 네 방에 있는 물건들, 전부 내가 골랐어. 네 마음에 들지 모르겠다. 오늘은 쇼핑을 좀 다녀와. 네가 사고 싶은 물건들을 사 와. 집사한테 말하면 될 거야. 그럼 오늘 하루도 잘 보내.

윤희는 내가 쇼핑을 가자고 하자 처음에는 어리둥절하다가 희미하게 미소를 지었다. 그녀에게도 이런 게 필요할지 몰랐다. 라이프스타일 편집 숍에서 표정이 조금 가벼워진 그녀를 보고 그걸 느꼈다. 죽음의 그림자에 오랫동안 치여 지냈을 그녀가 조금이나마 즐기기를 바라는 마음이 들었다. 산 것이라고는 발 매트와 핸드폰 충전기, 지나가다가 본 무지개색 롤리팝 사탕 정도였지만 외출은 즐거웠다.

집으로 가려고 했지만 윤희가 나를 붙잡았다.

"이대로 그냥 가면 내가 답답해요."

우리는 백화점으로 향했다. 윤희는 VIP라 퍼스널 쇼퍼가 따라 다니며 쇼핑을 도와주었다. 조금 불편했지만 그녀는 매우 흡족해 보였다. 자신의 집보다 더 편안해 보이는 그녀의 표정을 보니 조금 안쓰럽기도 했다.

"따님이신가 봐요?"

눈빛을 반짝이며 퍼스널 쇼퍼가 말했다.

"그렇죠. 이 아이에게 어울릴 만한 걸 좀 추천해 주세요."

윤희가 그렇게 말하며 웃었다.

몇 군데의 브랜드를 돌면서 평소에는 절대 입고 다니지 못할, 백화점 마네킹이나 런웨이에서나 입을 만한 것

들을 산 윤희를 말리고 싶지는 않았다. 그녀는 즐거워 보였으니까.

"원래 퍼스널 쇼퍼 일을 했었어요. 그러다가 이 집 집 사가 됐죠. 은우 부모님이 죽고 나서는 제가 은우의 법 정 대리인이 됐고요. 친척들과의 분쟁 때문에 걱정한 은 우 아버지가 미리 법적 근거를 만들어 놓으셨어요."

그녀가 말했다. 그러더니 갑자기 옆을 보고 누군가에 게 얘기했다. 내 눈에는 보이지 않는 누군가와 얘기하는 그녀를 보고 나는 약간 당황했다.

"은우가 함께 쇼핑하고 싶다고 하네요."

"그게 무슨 소리예요?"

"이 렌즈를 껴 보세요."

렌즈와 이어폰을 끼자 홀로그램 은우가 백화점 안에 서 있는 게 보였다.

"도대체 쇼핑은 언제 끝나는 거야?"

홀로그램 은우가 말했다.

"집사님도 은우가 보여요?"

"예, 같은 모습, 같은 정체성의 은우봇이지만, 대중들 에게 공개한 프로그램과는 다른 봇이죠. 완벽하게 은우의 마인드가 업로드된."

윤희는 그렇게 말하며 집으로 먼저 들어가겠다고 하더니 자리를 비켰다. 이제 우리 둘만 남았다. 홀로그램 은우와 나.

"그건 좀 아니야. 노란색이 더 나았던 것 같아."

은우가 팔짱을 끼고 의자에 다리를 꼬고 앉아서 말했다. 역시 걱정대로였다. 은우와 쇼핑을 같이 하자고 한 게 잘못이었다.

"난 이게 좋은데."

"치마가 너무 짧잖아."

은우가 퉁명스럽게 말했다.

백화점 점원은 어디에다가 시선을 둬야 할지 당황해하고 있었다. 그것도 그럴 것이 내가 혼자 떠들고 있는 것처럼 보여서였을 거였다.

"봇이랑 얘기하고 있어요. 봇챗으로요."

그제야 점원이 마음을 놓는 것이 느껴졌다.

"다른 곳에 가 보자."

은우는 이미 다른 매장을 기웃거리고 있었다. 여성복

매장을 다 돌고 스포츠 매장, 골프 매장까지 돌아다니자 나는 기운이 다 빠져서 VIP 라운지로 들어가 소파에 앉았다. 간단한 다과가 차려졌지만 본 척도 안 하고 음료수를 들어서 그대로 들이켰다.

"너는 옷을 입을 수도 없으면서 왜 이렇게 돌아다니는 건데?"

나는 홀로그램 은우에게 힘없이 말했다.

"왜 없어. 내 가상 옷들은 웹 디자이너들이 만들어 주는데. 다 기록했어. 너한테 잘 보여야지."

지치지 않는 은우는 아직도 내 앞에 서 있었다.

"그거 불법 아냐? 남의 디자인을 뺏는 거잖아."

피곤한 나는 툴툴댔다.

"당연히 로열티를 지불하지. 내 옷을 만들고 나서 어차피 온라인에서 다른 봇들을 위해서 팔 거야. 좋아, 나도 네 패션쇼를 봤으니 너도 한 번 봐 봐. 어때, 이 옷?"

은우는 베이지색 카디건에 베이지색 티셔츠와 청바지를 코디한 남친룩을 선보였다.

"괜찮은데, 너무 얌전해. 나는 좀 더……."

"이런 거?"

은우는 머리에 포마드를 발라 뒤로 넘기고 목에 문신을 하고 흰 와이셔츠에 라이더 재킷을 입었다. 섹시했지만 그런 은우를 상상도 해 본 적이 없었던 나는 깜짝 놀라서 말을 잃었다.

"왜 그렇게 놀라?"

은우는 웃으며 섹시한 춤동작을 선보였다.

"됐어. 그만 놀려."

"알았어. 그럼 벗을게."

은우는 청바지만 입고 상의 탈의를 했다. 나는 눈을 어디 둘 데가 없어서 고개를 숙였다. 큭큭거리는 은우의 소리가 들렸다.

"다른 사람들 눈에는 안 보여. 네 눈에만 보이지. 걱정 마."

은우가 평소의 잔잔한 호수같이 평온한 말투로 나를 안심시켰다.

내가 상상했던 은우는 조선 시대의 선비 같은 사람이었다. 하지만 은우도 장난기 있는 보통 남자라는 것을 알게 되었다. 조금 당황스럽긴 했지만 나는 점점 적응해 가고 있었다.

"탈의실까지 따라 들어오면 안 돼. 알잖아."

잠시 후였다. 드디어 기운이 나서 매장에서 옷을 골라 갈아입으려던 나는 은우에게 말했다. 탈의실에서 렌즈를 빼고 옷을 갈아입기는 너무 번거로웠다.

"난 그냥 홀로그램인데, 진짜도 아니고. 그냥 있어도 돼."

은우가 천연덕스럽게 말했다.

"네가 경험한 것은 다 설정값을 변화시키잖아. 나도 그 정도는 알아."

은우의 마인드가 업로드된 프로그램이었다. 사실 프로그램이라기보다는 은우의 영혼에 가깝지 않을까.

"아, 그냥 농담이었어. 나갈게. 나갈게."

은우가 웃으며 탈의실을 나갔다.

우리는 내가 좋아한 짧은 원피스와 집에서 입을 잠옷을 사서 백화점을 나왔다. 아이스크림을 사서 먹으면서 짙은 푸른색으로 변해 가는 플라타너스 나무들이 길게 늘어 선 가로수길을 걸었다. 은우는 옆에서 나란히 서서 걸으며 이런저런 이야기를 했다. 나도 웃으며 대답했다. 우리는 말이 잘 통했다. 이상할 정도로 완벽하게 잘 통했다.

은우의 채팅은 나와의 대화를 통한 데이터가 쌓일수록 나에게 맞게 점점 더 진화하고 발전했다. 나에게만 맞는 맞춤형이랄까. 오히려 진짜 사람이라면 이런 게 가능했을까? 그러다가 갑자기 이런 아찔한 생각이 들었다. 어쩌면 탈의실에서 내게 장난을 치거나 VIP 라운지에서의 상의 탈의 소동도 사실 내 맞춤형 반응이었을 수도 있다는 생각이 들었기 때문이었다.

실제 은우는 무뚝뚝한 사람이었을 수도 있었다. 하지만 나는 조금 엉뚱하고 자유분방한 사람을 좋아했기 때문에 그가 그렇게 발전했을 것 같다는 생각이 스쳤다. 하지만 만약 실제 은우였다고 하더라도 나에게 맞춰 자신을 바꿔 주지 않았을까? 여러 가지 생각에 머리가 복잡해지려고 할 때 은우가 나를 보며 환하게 미소 지었다. 갑자기 모든 것이 상관없어졌다. 나는 완벽하게 행복했다.

여름은 이제 겨우 시작이었다.

"그런데 하나 궁금한 게 있어."

집에 돌아온 나는 여전히 렌즈를 빼지 않았다. 은우는

내 방 침대 끝에 앉아 있었다.

"뭔데?"

은우가 물었다.

"세면대 말이야."

"그게 뭐?"

"세면대…… 그러니까 혹시 그거…… 오빠가 그런 거야?"

"그게 무슨 소리야. 한국말로 해 봐."

"그러니까 내가 '은우 오빠 거기 있으면 대답해!' 했더니…… 수전에서 물이 떨어졌어."

내 말을 듣더니 은우는 무슨 소린지 못 알아듣겠다는 듯 잠시 망설이다가 이내 큰 소리로 웃기 시작했다.

"뭐야, 내가 유령이라도 된 것 같았단 말이지?"

"그게 아니라."

"그거지 뭐. 당장 수전부터 고치자."

"고친다고 말씀하셨는데 아직 안 고치셨어."

은우는 얼굴을 찡그리더니 윤희를 불렀다.

"수전에서 소리가 난다고요?"

"아니, 그게 아니라."

내가 머뭇거리자 은우가 끼어들었다.

"귀신이라도 나올까 봐 아리가 무섭대요. 오늘 밤 안에 빨리 처리해 주세요."

은우의 말에 윤희는 당장 수선공을 불렀다.

"우리는 정원에 나가 있자."

은우가 나를 이끌고 정원으로 향했다. 며칠 전 비가 온 뒤라 상쾌한 여름 바람이 시원했다.

"여기 앉자."

은우가 그네 의자에 나를 앉혔다. 그리고 자신은 풀밭에 앉았다. 나도 모르게 삼 층 테라스 쪽으로 시선이 향했다. 은우가 마지막으로 내게 시선을 주고 죽은 곳.

"나 여기 있어. 어딜 보는 거야?"

은우가 말했다.

"그래, 오빠는 여기 있지."

내 말투가 약간 떨렸다.

"그래 난 여기 있어."

갑자기 은우가 머리 뒤에 깍지를 끼고 뒤로 누웠다.

"너도 이리 와 봐."

한 번도 잔디밭에 누울 생각은 하지 못했다. 은우 옆

에 누웠다. 처음이지만 집처럼 편안했고 또한 신기하기도 했다.

"하늘이 정말 좋지?"

은우가 말했다. 나뭇잎 사이로 보이는 하늘이 정말 파랬다. 나는 눈을 감았다. 이제는 익숙한 은우의 재잘거리는 소리가 음악처럼 들렸다. 비밀의 정원의 풀 내음과 여름 바람은 친근했다.

은우는 여기 있었다. 내 옆에.

수전은 새것으로 금방 갈아 끼워졌다. 자동이라서 손을 가져다 대지 않으면 절대 물이 흐르지 않았다. 렌즈를 빼고 세수를 한 나는 흐뭇하게 수전을 본 뒤 침대에 누웠다. 잠이 오지 않았다. 은우의 방으로 향했다.

"류은우 오빠, 참 외로웠겠다."

나는 은우 방에 누워 중얼거렸다. '친척들과의 분쟁 때문에 걱정한 은우 아버지가 미리 법적 근거를 만들어 놓으셨어요'라는 말이 떠올랐기 때문이었다. 친척들도 믿을 사람이 하나도 없었다는 소리잖아.

하늘이 보이는 이 방은 내 방보다 쉬기에 더 좋았다.

아무도 나에게 이 방에 들어가지 말라는 사람이 없다는 것도 좋았다. 이 여름은 영원히 기억될 것이다. 〈Jocleyn flores-lofi〉를 들으며 잠을 청하고 있었는데 은우가 알람을 보냈다. 휴대전화 메시지였다.

잘 자. 내 사랑.

류은우가 아니고 은우봇에 불과했지만, 나는 알람을 굳이 끄지 않았다. 은우의 목소리였고, 은우의 말투였을 테니까. 왠지 은우는 저런 말이 하나도 어색하지 않은, 다정하고 달콤한 사람이었을 것 같았다.

나는 은우봇이 오늘 올린 사진들을 보다가 은우의 개인적인 사진과 영상을 더 볼 수 있는 프라이빗 멤버십에 가입했다.

"은우의 첫 오디션을 보여 줘."

내가 말하자 봇이 영상을 띄웠다. 얼굴이 붉어져 떨리는 목소리로 노래를 하는 열네 살의 그. 풋풋하고 예뻤다.

창피하네.

은우봇이 말했다.

"멋있기만 한데 뭘."

나는 답했다.

은우가 이모티콘을 보냈다.

나는 밤새 침대에 앉아 은우가 태어났을 때부터 죽을 때까지의 영상과 사진들을 보고, 은우와 채팅을 했다. 반듯한 얼굴형에 크고 아름다운 눈, 단정한 콧날까지. 그가 이 세상에 없다는 게 다시 한 번 믿기지가 않았다.

'너무 귀여워.'

나는 마치 연예인을 좋아하게 된 소녀 팬마냥 곰 인형을 안고 침대 위를 굴러다녔다.

사흘이 더 지났다. 나는 은우 방에 더 익숙해졌고, 매 끼 식사도 즐거웠다. 그리고 점점 더 은우가 죽었다는 데 익숙해지기도 했다. 혹시 은우의 귀신이 있는 것 아닌가 했던 생각도 없어졌다. 더 이상 세면대에서 물이 떨어지는 일은 일어나지 않았고, 환각을 보는 일도 없었다. 렌 즈를 끼면 은우가 나타나서 말을 걸었다. 그는 늘 밝고 맑았다. 어쩌면 예전의 약혼식 귀신 사건 같은 것들은 스트레스 때문일지도 몰랐다. 나에게 은우라는 이름은 이제 따스하고 정겨운 그 무엇이 되어 가고 있었다.

다만 그것은 나 혼자만의 일이 아니었다. 많은 소녀들이 은우봇과 밤새 채팅을 했고, 은우의 팬 사이트도 많았다. 삶의 수많은 사건 중에서 가장 쉬운 건 첫눈에 반한 사랑이라고 나는 생각했다.

봇들은 온라인 데이팅 게임에서 완벽한 세팅과 전략으로 승률을 올렸다. 정보싸움이었다. 어떤 인물을 선호하는지, 어떤 조건이 마음을 흔드는지, 어떤 분위기가 프로포즈를 승낙하게 하는지, 어떤 사람들이 상대의 의견에 영향을 주는지. 플랜 A가 통하지 않으면 신속히 대체 플랜 몇십 개를 활용하는 시스템이었다.

내가 다른 팬들이랑 다를 게 뭔가 싶기도 했다. 은우봇이 나와의 대화 데이터를 기본으로 해서 쌓은 정보로 나를 공략하는 건 일도 아니었다. 그래서였다. 다음 DM을 여는 순간 나는 신나서 발을 동동 굴렀다.

> 오늘은 '아리 폴더'를 열고 진짜 나를 만나 봐. 녹화해 놨어.

그리고 패스워드가 적혀 있었다. 내 이름이었다.

나는 쿵쿵 뛰는 심장을 가라앉히며 숨을 고르게 쉬려
고 노력하면서 은우 방으로 갔다. 렌즈를 뺀 채였다. 은
우봇이 아니라 살아 있을 때의 은우가 녹화한 영상을 본
다는 생각에 떨렸다. 톡톡 하고 문을 스르르 연 뒤 리모
컨으로 책상을 나오게 했다. 벽 전면 창에 컴퓨터 화면이
나오자 나는 가슴이 두근거렸다. 누군가의 컴퓨터 안을
들여다보는 것은 그의 머릿속을 들여다보는 것과 비슷
하다. 패스워드 창에 반짝이는 커서를 잠시 바라보다가
떨리는 손으로 내 이름을 쳤다. 바탕화면에 폴더가 하나
있었다. 이름은 '아리'였다. 폴더에는 영상 파일이 하나
있었다. 클릭하자 벽 전체에 은우의 얼굴이 나왔다.

흰 니트를 입고 약간 웨이브 진 갈색 머리를 한 은우
가 살아 움직이고 있었다. 나도 모르게 숨이 막혀 왔다.

안녕, 아리야. 이제부터 게임을 할 거야.
너의 마음을 맞히는 게임.

그의 방에서 내 이름을 부르는 은우의 목소리. 나도
모르게 고개를 끄덕였다.

여기 세 장의 카드가 있어. 한 장만 골라 봐.

5초 줄게. 5, 4, 3…….

화면 속 은우가 천진난만하게 웃고 있었다. 나는 잠시 멈춤 버튼을 눌렀다. 그러자 은우가 멈췄다. 눈을 감은 표정, 눈을 뜬 표정, 웃는 표정, 찡그리는 표정을 전부 다 캡처했다. 갑자기 눈물이 나오려고 했다. 은우는 죽었고, 게임 따위는 녹화된 것에 불과했다. 나는 버튼을 눌렀다. 그러자 은우가 다시 움직이기 시작했다.

한 장을 고르라고? 나는 그 게임이 뭔지 알았다. 사람들은 자기도 모르게 왼쪽 첫 번째 카드를 고르곤 했다. 나는 카드를 고르지 않았다. 차마 고를 수가 없었다.

뭘 골랐어? 하지만 네가 무슨 카드를 골랐어도 난 정답을 알고 있어. 그 카드는 바로…… 퀸 오브 하트야!

너 나 좋아하지?

은우는 세 장의 카드를 다 뒤집어 보였다. 세 장 모두 퀸 오브 하트였다. 나는 힘이 빠져 버려서 그만 책상에

엎드렸다. 감은 눈 사이로 눈물이 비집고 흘러나왔다.

컴퓨터에는 다른 건 아무것도 없었다. 은우는 컴퓨터에 겨우 바보 같은 카드 게임 하나를 남겼다. 그가 그리웠다. 누군가를 이렇게 그리워해 보기는 처음이었다. 살아 있을 때 만나 보았으면 좋았을 텐데. 바보같이. 바보같이 카드 게임 따위나 남기고. 나는 처음으로 은우가 미워졌다.

내가 이사 온 지 얼마 안 돼 은우는 진단을 받았다. 그리고 방에서 나오지 않았다. 그건 스스로가 만든 감옥이었다. 방 안의 가구를 모두 없애고, 전면 통창을 통해 컴퓨터만 했다. 창문 너머의 나와 사랑에 빠진 은우. 완벽주의자였던 그는 자신의 연인에게도 완벽한 삶을 주고 싶어 했다.

그래서 그는 자신의 죽음 후를 계획하기 시작했다. 그는 자신의 삶은 이미 끝났다고 생각했지만, 죽은 이후 한 달간 그의 연인, 그러니까 나와 행복한 시간을 보내고 싶어 했다. 몸이 굳어 식물인간과 같은 자신이 아니라 홀로그램일지라도 멋지게 춤을 추고 움직이는 예전의 건강한 모습으로. 그 계획을 준비하기 위해 죽음을

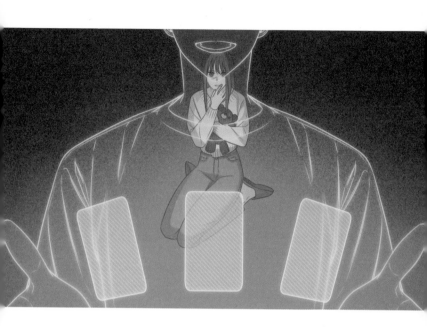

유예한 셈이었다. 그러니까 그는 한 달에 한 번 정도 움직일 수 있을 때 나를 위해 손편지를 쓰고, 가구를 사고, 나를 위한 모든 준비를 한 것이었다. 그는 시한부의 시간을 미루어 가며 버텨 냈다. 나는 그를 몇 달 더 살려 놓은 셈이었다.

다음 날 아침. 일어나 보니 책상 위에 책이 한 권 놓여 있었다. 하드커버에 '우리의 이야기'라는 제목이 곱게 프

린트돼 있었고, '엮은이 류은우'라고 쓰여 있었다.

오늘은 선물 하나 할게. '우리의 이야기 책'이야. 네가
펼친 부분이 내가 보내는 메시지야. 심심할 때, 나랑
얘기하고 싶을 때 펼쳐 봐.

"은우 오빠. 지금 무슨 생각 해?"
책을 펼쳤다.

사랑해.

나는 미소 지었다.
그럼 나는 무슨 생각을 할까. 은우 오빠, 알아맞혀 봐.
나는 책을 펼쳤다.

너는 지금 내 옆에 있기도 하고 없기도 하다. 그러므로 항상
있다.

가슴이 선뜻했다. 그랬다. 은우는 언제나 내 옆에 있

었다.

렌즈를 끼고 은우를 만났다. 은우는 조용히 점프수트를 가리켰다. 나는 마치 조종당하는 인형처럼 걸어가서 점프수트를 입었다. 몸에 꽉 붙는 그 옷은 수영할 때 입는 래시가드 같은 느낌이었다. 수백 개의 센서가 붙어 있어서 은우가 나를 만질 때 모든 자극을 다 느낄 수 있었다.

"자, 이리 와."

그가 말했다.

나는 조심스럽게 그쪽으로 다가갔다. 그가 나를 끌어안았다. 나보다 이십 센티미터나 큰 그는 나를 압도했다. 온몸으로 그의 몸이 느껴졌다. 신기했다. 그러나 처음에는 부드럽게 끌어안았던 그의 팔에 힘이 들어가자 나는 깜짝 놀라 얼어붙었다.

"이거 놔줘."

나는 큰 소리로 외쳤다. 은우가 뒤로 물러섰다.

"미안해. 네가 원하지 않으면 절대로 이러지 않을게."

"원하지 않아."

아직도 그가 꽉 잡았던 어깨 부분이 시큰했다.

"아리야. 미안해."

은우가 계속 사과를 했다. 렌즈를 빼 버리자 은우는 사라졌다. 그리고 나는 렌즈를 하루 종일 다시 끼지 않았다.

"미안해. 이야기 좀 하자."

홀로그램 은우봇이 말을 걸어왔다.

"난 얘기하기 싫어."

"내가 무섭지?"

"아니."

"나는 내가 무서워. 방금 전에 내가 했던 일, 나는 예상치 못한 일이야."

"봇에게도 충동적인 행동이란 게 있는 거야?"

"내 정신이 전부 업로드되어 있는 프로그램이니 당연하지. 절제할 수 있도록 설정해 놓았어. 이젠 절대로 네 허락 없이는 널 만지지 못해."

"그건 너무 기계적이잖아."

"내가 참기 힘들어서 그래."

"아니……. 그냥 진한 포옹만 없으면 돼."

나는 부끄러운 생각이 들었지만 그대로 말했다.

"그래, 알았어. 고마워. 그럼 잠시 네 옆에 있어도 돼?"

"응."

내가 말했다.

그의 방으로 간 나는 홀로그램이 된 그와 누워서 유리 천장으로 하늘을 보았다.

"슬프다."

"뭐가?"

"내가 사람이 아니어서. 몸이 없어서."

"잘 모르겠던데. 정말 몸이 있는 사람 같았어."

"만약 내가 몸이 있었다면 네가 렌즈를 빼도 내가 보였겠지."

"몸이 있을 때, 살아 있을 때 연락하지 그랬어."

"…… 나도 후회돼. 미치도록."

나는 그의 말에 조금 놀랐다.

"그때에는 그게 최선인 줄 알았어. 네가 나를 싫어할 것 같았고, 만약……."

"만약 뭐?"

"만약 네가 나를 사랑하게 된다면 나는 절대로 떠날 수가 없을 것 같았거든. 죽지 않고 식물인간인 채로 영원히 너를 괴롭혔을 거야."

은우의 말이 나는 조금 이해가 됐다. 어쩌면 그는 나

때문에 죽은 거였다. 혹시라도 내가 그와 사랑에 빠진다면 그가 식물인간이 된 후에 내가 자신을 기다릴까 봐, 나를 괴롭히고 싶지 않아서였다.

"왜 내가 오빠한테 빠졌을 거라고 확신하는데? 내가 오빠를 싫어했을 수도 있잖아."

"아……."

은우가 상처받은 표정을 지었다. 한 번도 생각해 보지 않은 듯했다. 그도 그럴 듯이 그는 수많은 소녀에게 항상 둘러싸여 있었을 테니까.

"아니야, 오빠가 살아 있을 때 연락했더라도 좋아했을 거야."

나는 은우 놀리기를 그만했다.

"정말?"

은우가 상처받은 사슴 같은 눈으로 나를 보았다.

"정말이야."

잠시의 침묵이 둘을 감쌌다.

"오늘은 정말 내가 살아 있으면 좋았겠다는 생각이 든다."

은우가 멀리 하늘을 보았다.

"왜 하필 오늘이야?"

"그럴 이유가 있어. 내일이면 알 거야."

"왜 비밀을 만들어. 도대체 뭔데?"

"아무것도 아니야."

은우는 갑자기 내 머리를 쓰다듬기 시작했다. 감촉이 있지는 않았지만 보였다.

"이러기 없기로 했잖아."

잠들어 가면서 나는 잠꼬대하듯 말했다.

"어차피 안 만져지잖아. 이 정도는 허락해줘."

"좋아."

나는 졸려서 하품을 했다. 밤은 길었고 포근했다. 나는 오랜만에 단잠을 잤다. 그리고 나중에야 깨달았다. 얼마나 오랫동안 그가 나의 머리를 쓰다듬었을까. 또 얼마나 오랫동안 잠든 나를 바라보았을까.

7

> 일어나. 아리야.

은우봇이 나를 깨웠다.

예약된 메시지였다. 테이블 위에는 어제는 보지 못한 카드가 한 장 놓여 있었다. 카드에는 전화번호 하나만 달랑 있었다. 이상했다. 평소의 은우라면 이런저런 사정을 이야기했을 텐데, 마치 뭔가 하기 싫은데 억지로 하는 듯한 느낌이었다. DM 알람이 울렸다.

> 그동안 사람도 못 만나고 심심했지?

오늘은 친구를 초대해 줄게. 이 번호로 전화해

그리고 와 달라고 하면 와 줄거야. 누군지는 비밀

나는 은우가 알려 준 번호를 연락처에 추가했다. 잠시 후 메신저 목록에 미술품 사진을 프로필 사진으로 쓴 계정이 추가되었다. 이래서야 누군지 알 수가 없다. 잠시 망설이다가 전화를 걸었다.

"여보세요?"

목소리를 듣자마자 알았다. 영혼 약혼식에서 만났던, 은우와 똑같이 생긴 은우의 사촌동생이었다.

"전화 기다리고 있었어."

휘라고 이름을 밝힌 그가 말했다. 나도 말을 놓았다.

"네가 먼저 전화하면 되잖아."

몇 달 전 은우에게, 나한테 먼저 전화하지 말라는 명령을 받았다고 했다. 그는 은우를 두려워하는 것 같았다. 이미 죽었는데도.

"너한테 바람을 좀 쐬어 달라는 부탁을 받았어."

휘가 말했다.

은우 오빠, 이건 또 무슨 뜻이야?

123

궁금했다. 왜 굳이 자신의 사촌동생을 만나게 하려는 걸까? 나는 은우봇에게 묻지 않고 '우리의 이야기' 책을 펼쳤다.

사랑해.

똑같은 페이지였다. 랜덤이라는 게 그렇지 뭐. 뜻이 있을 리가 없잖아.

집에만 있어서 답답하던 참이기도 했다. 우리는 나무와 수풀이 가득 우거진 한 커피숍에서 만나기로 했다. 나는 조금 뒤숭숭한 마음으로 약속 장소로 향했다.

비가 온 후라 물기를 머금은 나뭇잎들이 햇살을 받아 반짝이고 있었다. 약속 시간보다 조금 이르게 도착했는데 휘는 이미 와서 앉아 있었다.

"오다가 비를 맞아서 테라스에서 좀 말리고 왔어."

그는 강아지처럼 자신의 머리를 털며 웃었다. 나는 멍한 상태였다. 은우가 살아 움직이는 것 같았다. 홀로그램 은우보다 훨씬 실제 같은 은우의 모습이었다. 휘가 뭐라고 하는지 잘 들리지 않았다. 그냥 울음이 나올 것

만 같아서 입술을 깨물었다.

"그 집에서 잘 지냈어?"

휘가 물었다.

"응."

"그렇겠지. 몇 달 전부터 너 오는 것 때문에 준비하느라고 호텔 셰프부터 메이드까지 새로 들였다고 하던데. 아 참. 신발은 잘 있어?"

"무슨 신발?"

"그날 정말 놀랐어. 신발이 벗겨지는데도 열심히 뛰는 게 정말 귀엽다고 생각했지."

나는 눈만 깜빡였다.

그는 턱을 괴며 고개를 갸웃했다. 내성적인 느낌의 은우와는 성격이 좀 달라 보였다. 바람둥이처럼 보이기도 했다. 뭐, 상관없었다. 나는 은우와 닮은 사람과 얘기하고 있다는 것만으로도 갈증이 많이 사라지고 있는 기분이었다. 나도 모르게 대화에 빠져들었다.

"혹시 일 년 전쯤 은우네 집에 간 적 있어? 널 본 것 같아."

나는 평소에 궁금하던 이야기를 꺼냈다.

"글쎄. 기억이 안 나지만 그랬을 수도 있지. 그나저나 어디 가고 싶은 곳 있어?"

휘의 말에 나는 노래방이라고 했다.

"노래방?"

그는 크게 웃으며 벌떡 일어섰다.

그가 나를 데리고 간 곳은 야외 콘서트홀이었다. 큰 홀에 휘와 나 둘뿐이었다. 휘가 몇 가지 코드를 입력하자 곧 바이올린과 플루트를 연주하는 홀로그램이 무대 위에 재생됐다. 은우와는 다르게 휘는 클래식을 노래했다. 외국어로 부르는 것이어서 확실하지는 않았지만 이탈리어어 같았다. 처음 들어 본 노래였지만 휘의 노래는 나를 단번에 사로잡았다. 노래 부르는 그의 모습은 당연하게도 은우를 떠올리게 했다. 하지만 전혀 달랐다. 은우가 기타를 치며 케이팝을 노래하는 것과 달리 휘는 턱시도를 입고 유럽의 오래된 극장에서 노래하는 모습이 연상되었다.

"그렇게 뚫어지게 쳐다보면 창피하잖아."

얼굴이 약간 상기된 휘가 야외에 마련된 테이블 앞에 털썩 앉으며 포크를 집었다.

"노래 전공인 거야?"

"레슨은 받았는데 전공할 수는 없어. 우리 집안에서는 안 돼."

휘는 그야말로 망고를 먹는 게 아니라 신나게 마시고 있었다. 은우라면 저렇게 게걸스럽게 안 먹었을 텐데. 하지만 그러고 보니 은우가 식사하는 것을 본 적이 없었다. 은우봇은 먹을 필요가 없었으니까.

"은우는 아이돌 가수가 될 뻔했는데?"

"은우는 항상 특별 취급이었지."

휘는 포크를 내려놓더니 입술을 삐죽였다.

"한 곡 더 해 줘."

"같이 하자."

휘가 졸랐다.

"나, 노래 잘 못하는데."

나는 기겁을 했다.

"재미있을 것 같아서 그래."

휘는 즐겁다는 듯이 어깨를 으쓱했다. 눈빛에는 장난기가 묻어났다.

"Fly me to the moon. And let me play among the

stars."

내가 노래하자 그가 하모니를 맞춰 노래했다. '이 집은 비즈니스를 안 했으면 음악을 했을 가문인가 보네.' 하고 생각했다. 나는 그가 하모니를 맞추는 실력에 놀랐다.

아무도 없는 공연장에서 우리는 노래를 같이 부르며 춤도 췄다. 오랜만에 신나는 시간이었다. 은우네 집에서는 움직일 일이 많지 않았다.

"록 페스티벌 가 봤어?"

휘가 물었다.

"아니?"

"그럼 지금 가 보자."

"지금 이 차림으로? 이 시간에?"

시간은 이미 저녁 여섯 시가 넘어가고 있었다.

"이제 겨우 시작이야."

휘는 나의 팔을 잡았다. 은우가 잡았을 때처럼 부드럽지 않았다. 그제야 나는 그가 다른 사람이란 것을 확실히 깨달았다.

데이비드 게타의 록 음악이 운동장 너머 멀리 일 킬로

미터 반경까지 울렸다.

VIP석은 삼 층에 있었다.

"저기 저 사람이 남미 대통령의 손자야."

휘가 속삭였다. 그런 거물과 같은 공간에 있다니. 나는 눈이 휘둥그래져서 쳐다보았다. 외국의 부호들이 앉아 있는 삼 층 VIP석에서는 운동장이 한눈에 보였다. 올림픽 운동장이 사람으로 가득 차 있었다. 아슬아슬한 옷을 입은 언니, 오빠들 이만여 명이 한꺼번에 신나게 뛰고 있었다. 나는 그런 광경을 본 적이 없었다. 수만 명이 한꺼번에 뛰다니. 땅이 무너지지 않을까.

"우리도 내려가자."

휘는 내 손을 잡고 아래로 내려갔다.

"칵테일 마실래?"

휘의 말에 나는 고개를 저었다.

"그거 알코올 섞인 거잖아. 넌 가짜 주민증도 갖고 다녀?"

"글쎄. 싫다는 뜻으로 알아들을게. 뛸 때는 알코올이 좀 들어가야 하는데 아쉽다."

휘는 내 손을 잡고 무대 쪽으로 계속 들어갔다. 사람

들 한가운데로 들어가니 심장을 쥐어 잡고 흔드는 듯 사운드가 포효했다. 우리는 오빠, 언니들이 하듯이 음악에 맞춰 제자리에서 붕붕 뛰었다.

"잘 뛰네. 몸이 근질거렸나 보네. 은우네에서 며칠이나 있었던 거야?"

휘가 내 귓가에 대고 말했다. 음악 때문에 그의 목소리가 잘 들리지 않았다.

"열흘!"

나도 소리쳤다.

"엄마 안 보고 싶어?"

그가 다시 내 귓가에 말했다.

"겨우 열흘인데 뭐!"

그렇게 말했지만 왠지 가슴이 시큰했다. 겨우 일 년 동안 같이 산 엄마였다. 벌써 보고 싶을 리가 없었다. 그런데 나는 이미 엄마의 잔소리를 그리워하고 있었다. 열흘 전이 십 년 전 같았다.

"집으로 돌아가."

그가 내 뒤로 가서 어깨에 슬쩍 팔을 올리고 안았기 때문에 나는 그 팔을 도로 내려놓으려고 했다.

"안 돼. 난 돈이 필요해."

"솔직해서 좋네. 너 말이야. 마음에 들어."

휘가 팔을 거두며 웃었다.

"그런데 너, 은우 타입은 아닌데. 아깝다."

그가 이번에는 나와 어깨동무를 했다. 주위 사람들도 다 어깨동무를 하고 있었기 때문에 나도 어쩔 수 없었다.

"뭐가 아까워?"

"죽은 은우네에서 한 달이나 있는 거. 형은 이미 화장 돼서 가루가 되었을 텐데."

"그렇게 말하지 마."

나는 그의 팔을 풀고 자리에 멈춰 섰다.

"자, 나를 봐 봐."

휘가 나의 두 팔을 손으로 잡았다.

"움직이고 말하고 만져지잖아. 이게 사람이야. 홀로 그램이나 프로그램이 아니고. 넌 사람이랑 만나야 해."

그때 나는 그가 은우가 아니라 휘라는 것을 다시 한 번 실감했다. 마음속으로 나 자신을 속이고 있었다는 것을 깨달았다. 휘를 은우라고 느끼고 싶었던 것을.

"난 갈게."

"알았어. 하지만 이해해."

"뭘?"

"돈 때문이라는 거. 나라도 그랬을 거니까."

휘가 말했다. 잠시 멍했다.

"돈…… 때문만은 아니야."

"그럼 뭣 때문인데? 은우를 알기나 해? 그를 한 번이라도 직접 만난 적 있어?"

"있어!"

나도 모르게 소리쳤다. 생일날 내게 기타를 쳐 줬던 그였다. 그것도 만남이라면 만남이었다.

"그래. 알았어. 귀 아파!"

휘는 엄살을 부리며 말했다.

"아홉 시까지는 데려다준다고 윤희님에게 약속했어. 십 분이라도 늦으면 나 정말로 죽을지도 몰라. 데려다줄게."

"됐어. 우리 기사님이 주차하고 기다리고 계시잖아."

"곧 또 보자."

휘는 주차장에서 아쉽다는 듯 악수를 청했다. 나는 그 악수를 받았다. 따스한 손이었다. 그는 하이파이브를 하더니 어깨까지 부딪혔다. 정말 이런 거 많이 해 본 바람 둥이 솜씨 같았다. 도저히 믿을 수 없는 부류였다.

하지만 집으로 돌아와서 나는 조금 혼란스러워졌다. 나는 진짜 은우를 좋아하는 걸까? 허상과 사랑에 빠진 걸까? 은우가 똑같은 입장이었다면 어땠을까? 그도 홀 로그램인 나와 사랑에 빠졌을까?

은우를 닮은 휘가 살아 움직이는 걸 보니 생각이 많아 졌다. 그날 밤 나는 밤새 잠을 못 이뤘다.

*

뭐 해?

휘가 메시지를 보내왔다.

공부 중이야.

잘 들어갔지? 답변이 없어서 걱정했어.

잘 도착했다고 메시지 보냈잖아.

어제 나와 헤어진 후 휘는 또 다른 친구들과 만난 모 양이었다. 정신이 없었는지 메시지도 엉뚱했다.

> 어제 재미있었어. 다음에 또 놀자.

휘는 가볍고 재미있는 사람이었다. 하지만 그 정도였다. 날아가는 구름 같았다. 진심의 무게도, 모양도 구름 같은 모양을 가진 느낌이었다.

은우의 DM 알람이 떴다. 바로 확인하지 않고 조금 미뤘다. 왜인지 모르겠지만 열고 싶지 않았다. 억지로 메시지를 열었다. 그런데 아무 내용이 없었다.

메시지의 흰 여백에서 은우의 한숨이 느껴졌다. 글이 없다고 해서 상대의 의도가 전해지지 않는 건 아니었다. 글이 없다는 것이 의도였다. 할 말이 없다는 뜻, 즉 내가 어제 휘를 만나 어떤 시간을 만났는지 묻지 않겠다는 뜻이었다. 어젯밤 그가 한 말이 기억났다.

'사람이었으면 좋겠어. 미치도록 후회돼.'

메시지 마지막에는 늘 남기는 멘트가 있을 뿐이었다.

> 우리의 시간이 서로 다르다는 건 중요하지 않아.
> 서로의 마음이 연결되는 게 중요하지. 사랑해.
> _은우

핸드폰을 내려놓고 한참 동안 창밖을 바라보았다. 그네가 움직였다. 바람이 조금 심한 모양이었다. 바람은 보이지 않는다. 사람도 때로는 보이지 않는 것에 의해 움직이곤 한다. 야망, 두려움, 용기 그리고 사랑. 은우의 빈 편지는 휘의 실시간 메시지보다 더 내 마음을 움직였다. 내가 답장이 없자 휘에게서 전화가 왔다.

"왜 답장이 없어? 걱정되게. 그 집에서 무슨 일 당한 줄 알았잖아."

"무슨 일이라니."

"영혼결혼식까지 하는 집이니까."

"영혼약혼식이야."

"그거나 그거나."

"알았어."

"뭐가 알았다는 거야?"

"어제 잘 들어왔고, 잘 있다고."

"…… 그럼 이제 우리 못 만나?"

"아니, 나는……."

나는 어떻게 말해야 할지 몰랐다. 거절을 잘하는 성격이 아니었다. 어떻게 하면 전화를 끊을 수 있을지 생각했다. 한동안의 실랑이 끝에 지쳤는지 휘가 알았다고 했다. 그리고 의미심장한 말을 이어 갔다.

"너 너무 빠져들지 마. 그 집 무서운 집이야. 거기서 나와야 해."

나는 알았다고 했다. 그래야 전화를 끊을 수 있을 것 같았다.

*

"바다에 갈래?"

은우가 말했을 때 나는 잘못 들은 줄 알았다.

"그런데 오빠는……."

"그래. 하지만 나도 갈 수 있어, 바다. 너한테 수영도 가르쳐 줄 수 있다고."

"알았어."

그렇게 대답하긴 했지만 걱정됐다. 렌즈를 끼고 센서가 달린 래시가드를 입었다. 거울 속에서 기대와 불안이 교차하는 내 눈빛을 보면서 다시 다짐했다. 은우의 좋은 추억, 아니 데이터가 되겠다고.

바닷가로 향하는 차 안에서는 신나는 음악들이 흘렀다. 바다 분위기와 잘 어울리는 오래된 노래를 들으며 기분이 고양되는 것을 느꼈다.

눈이 부시게 아름답던 바다, 나의 눈 속엔 그보다도 아름다운 너였어. 하얀 모래 위 너와 남긴 추억들.

내 고향 섬에서는 매일 바다를 볼 수 있었지만 한국에 와서는 한 번도 바다에 가 보지 못했던 참이었다. 하지만 나는 수영을 하지 못했다. 싱가포르에서는 수영장외에 바다에서 수영하는 사람이 적었다. 나는 굳이 수영장을 찾지 않았다. 물 공포증이 있었기 때문이었다. 하지만 은우는 결단코 오늘 내게 수영을 가르쳐 줄 거라는 결심을 하고 있었다.

"바다는 조금 있다가 들어가자. 햇살이 너무 좋아."

나는 파라솔 밑에서 앉아서 은우를 졸랐다. 사실 좀 무서워서였다. 은우는 내 말을 의심했지만 따라 주었다.

"자, 내 생각을 읽게 해 줄게."

은우가 말했다.

"어떻게?"

"가만히 있으면 돼."

머리에 장착한 외부 칩을 통해 그의 생각이 들어왔다.

'이 녀석 물 공포증이라니 조심해야겠는데, 그래도 괜찮겠지?'

은우의 생각이었다.

"아니, 오빠도 날 의심하고 있잖아. 나, 안 할래."

내 말에 은우는 또 열심히 나를 설득했다.

"아니야. 이번엔 의심 안 할게."

'네가 다치면 나는 죽어.'

그의 생각이 들렸다. 나는 남의 생각을 들여다본 적이 없었다. 아마 아무도 없을 거였다. 그의 생각을 듣고 나니 내 공포증이 어디론가 사라져 버렸다.

"자, 이제 시작해 보자."

홀로그램 은우가 말했다.

하얀 모래사장이 펼쳐진 바닷가는 호텔의 사유지라서 사람이 적었다. 파도는 약했지만 수심은 깊은 곳이었다. 나는 망설이며 발을 뗐다.

물 안으로 들어가는 동안 그의 생각이 계속 들렸다.

'너는 안전해. 내가 지킬게.'

그의 생각 덕분에 나는 계속 앞으로 나갈 수 있었다.

'자, 뒤로 누워.'

수심이 얕은 곳에서 나는 누웠다가 다시 일어났다가를 반복했다.

'자, 내가 너의 등을 받쳐 주고 있다고 생각하고 누워. 그리고 몸에 힘을 빼.'

내 등으로 그의 손이 느껴졌다. 센서 덕분이었지만 나는 안심이 되었다.

그때 그의 생각이 들렸다.

'난 너를 사랑해. 너는 안전해.'

그의 생각이 너무 달콤해서 최면에 걸린 기분이었다. 나도 모르게 몸을 뒤로 눕혔다. 그때였다. 정말로 물에 떠 버렸다. 나는 너무 기분이 좋아서 웃었다.

은우가 자신이 좋아하는 음악을 틀어 주었다. 나는 바다 위에 누워서 난생 처음 듣는 음악을 들었다. 너무나 좋아서 계속 듣고만 싶었다. 내 위로는 푸른 하늘이, 아래로는 푸른 바다가 널리 펼쳐져 있었다.

'사랑해.'

그의 생각이 전해졌다.

'나도.'

그렇게 생각했다. 하지만 내 생각이 전해졌는지는 나도 알 수 없었다.

"정말?"

그가 그렇게 말하는 것을 듣는 순간에야 내 생각도 그에게 전해진다는 것을 알았다. 너무 창피해서 얼굴을 가리려다가 그만 물에 빠져 버렸다. 어푸어푸. 내 키보다 깊은 물 속에서 허우적대느라 그의 생각을 들을 새가 없었다.

'아리야. 몸에 힘을 빼!'

그의 생각이 전해졌지만 나는 어떻게 해야 할지 몰랐다. 코로 물이 들어왔다. 발은 땅에 닿지 않았다.

겨우 수상 구조원에게 구조되고 나서야 나는 정신을 차릴 수 있었다. 렌즈는 한쪽이 빠져 있었고, 칩은 바다에 떠내려가서 더 이상 그의 목소리를 들을 수 없었다. 단지 나를 놓지 않으려는 듯 꼭 안아 주는 그의 몸이 래시가드 센서를 통해 느껴졌다.

"난 괜찮아."

그렇게 말했지만 은우는 답이 없었다.

"은우 오빠, 말을 해!"

나는 힘없이 나를 따라오는 홀로그램 은우를 향해 말했지만 그는 아무 말도 없었다. 그리고 호텔 방에 들어오자 그는 사라져 버렸다. 메시지를 보냈지만 답이 없었다. 몇 시간 뒤, 은우봇은 다음과 같은 메시지를 남겼다.

미안해. 우리에게 남은 시간이 좀 더 길 줄 알았는데.

*

은우의 새로운 싱글 앨범이 예고 없이 발매되었다. 뮤직비디오에서는 두 남녀가 햇살이 밝은 오후 서로에게 물총을 쏘는 장면이 나왔다. 햇살에 비친 물방울이 무지개색으로 빛났다. 놀랍도록 아름다운 화면이었다.

남자 배우는 휘였다. 휘가 은우를 닮긴 했지만, 나는 이제 절대로 두 사람을 헷갈리지 않았다. 자세히 보면 둘은 분위기, 제스처, 눈빛 등이 달랐다. 비슷한 건 얼굴의 생김새뿐이었다.

노래의 전주는 쇼팽의 〈이별의 노래〉를 편곡한 멜로디였다. 그리고 시를 읽는 것 같은 랩이 시작되더니 곧 노래로 이어졌다.

    레인보우. 물거품. 흩어지는 구름들.

    네가 좋아하는 것을 따라가.

    놓아주는 것도 나의 사랑이야.

    약속해. 그녀를 나보다도 더 사랑해 줘.

    축복해. 행복한 사랑을 이룰 두 사람을.

뮤직비디오 끝에는 '투 비 컨티뉴드(To be continued)'가 아니라 '디 엔드(The end)'라는 자막이 있었다. 나는 멍하니 그 뮤직비디오를 보면서 계속 새로고침 버튼을 클릭했다. 그렇게 하면 다른 메시지가 뜰 것처럼.

"물에 다시는 안 들어가면 되잖아. 이러지 마. 오빠."

나는 렌즈를 끼고 소리쳤다. 하지만 홀로그램 은우는 나타나지 않았다. 그는 사라지는 모드를 계속 사용 중이었다.

"제발 부탁이야. 평생 수영은 안 할게."

갑자기 알람이 뜬 것은 그때였다. 나는 두근거리는 마음으로 은우에게서 온 예약 메시지를 열었다.

두 번째 노래는 너에게 보내는 나의 마지막 노래야.
네가 행복했으면 해.

은우의 메시지는 짧았지만 강렬하게 내 뇌리에 박혔
다. '행복했으면 해'라니 그게 무슨 뜻인지 묻고 싶었지
만, 나는 이미 알고 있었다. 어제 바다에서 위험에 빠진
나를 구하지 못한 자신을 자책하고 있다는 것을. 그리고
자신을 닮은 휘를 내게 소개한 것부터 그랬다. 그는 이
제 나를 잊을 생각이었다. 아니, 정확히 말하자면 이미
오래전에 잊었겠지. 나에게 온 메시지들은 다 오래전에
보내진 거니까.

가슴이 둥둥 뛰기 시작했다.

어젯밤에 그가 한 충동적인 행동과 말도 이제 이해가
갔다. 나를 보내고 싶지 않은 그의 마음이었다. 이게 끝
인가?

나는 왠지 모를 답답함을 느끼며 자리에서 일어났다.
믿어지지 않았다. 뭔가를 찾는지도 모르는 채 집 안을
걸어 다녔다. 침대 시트를 뒤집어 보기도 하고 책상 서
랍을 열어 보기도 했다. 부엌에 가 찬장을 열었다 닫았

다 해 보고, 냉장도 문도 열었다 닫았다. 내가 찾는 건 어디에도 없었다. 내가 뭘 찾고 있는 건지도 알 수 없었다. 정원을 몇 바퀴 돌다가 의자에 앉았다. 윤희가 나를 찾아왔다.

"계약은 완료된 것으로 할게요. 이제 집으로 돌아가도 돼요."

윤희는 내 앞 의자에 앉아 말했다. 차가운 태도였지만 온화한 말투였다.

"바닷가를 가는 것은 계획에 없었어요. 은우봇의 아이디어죠."

"알아요. 제 잘못이에요."

"아니에요. 기술적인 오류죠. 은우봇이 아리 양과 데이터를 쌓다가 결정한 아이디어에요. 평소의 은우라면 아리 양을 위험에 빠트릴 행동은 하지 않았을 거예요."

윤희가 기가 막힌다는 듯이 얘기했다. 은우봇이 진화해서 나와 사랑을 만들어 나간다는 얘기인 것 같았다.

"은우봇도 은우예요. 그의 정신이 진화한 거니까요."

"아니요. 은우라면 절대로 아리 양을 위험에 빠트리지 않았을 거예요. 그는 매우 신중한 사람이에요."

"글쎄요."

'제가 은우를 더 잘 알아요'라고 말하고 싶었지만 과연 그럴까 하는 생각이 들었다. 하지만 내 생각에는 진짜 은우가 살았어도 똑같이 했을 거라는 생각이 들었다.

나는 망설였다.

"그럼 거실에 있을 테니 들어와서 얘기해요."

윤희는 피곤한 표정으로 또각또각 구두 소리를 내며 집 안으로 들어갔다.

"저는 집으로 안 돌아갈래요."

거실로 들어가 소파에 앉아 있는 윤희에게 다짜고짜 말했다.

"잘 생각해 보고 하는 말이에요?"

윤희가 말했다.

"모르겠어요."

내 말에 윤희가 한숨을 쉬었다.

"이럴 줄 알고 은우는 걱정했어요. 그래서 앨범도 낸 거고요. 마지막 앨범이죠. 잘 알고 있겠지만. 모두 끝났어요."

윤희가 뒤돌아섰다.

"잠깐만요."

나는 소리쳤다.

"저는…… 한 달을 지킬 거예요. 편지도 남았고요. 그렇게 약속했으니까요."

"정말이에요?"

윤희가 내 눈을 들여다보았다.

"후회 안 할 자신 있어요?"

"자신은 없어요. 하지만 한 달은 무슨 일이 있어도 지킬 거예요."

나도 모르게 눈물이 날 것 같았지만 참았다. 은우를 더 보고 싶었다. 무슨 일이 있더라도. 내 말에 윤희는 공허한 눈으로 창밖을 보았다.

나는 핸드폰을 내려놓고 하늘을 보았다. 노을이 지려는지 하늘이 붉어지고 있었다.

"가지 마."

내가 은우봇에게 말했다.

"난 언제나 여기 있어."

은우봇이 말했다.

"정말, 진심이야? 평생 같이할 거야?"

"네가 원한다면."

은우봇이 말했다.

나는 하루 종일 참았던 눈물을 흘렸다.

8

핸드폰을 열었다. '은우봇'이 실시간 검색어 순위에 올라와 있었다. 많은 연예인들이 '봇'을 만들어 팬과의 소통에 활용했지만 은우만큼 많은 데이터를 저장해 놓은 연예인은 없었다. 그는 접속한 사람들과 실제로 사귀는 것처럼 대화를 나누었고, 그 대화를 뉴럴링크로 컴퓨터에 저장했다.

밤새도록 채팅을 해도 계속 다른 이야기로 이어 나가는 신선함에 많은 이들이 은우봇에 빠져들었다. 죽은 은우는 살아 있는 다른 연예인들보다 인기가 있었다. 거의 신드롬 수준이었다.

은우의 데이터는 동류의 연예인들 중에서 가장 많았고 덕분에 딥러닝 기술도 가장 빨랐다. 상대와의 대화 데이터를 기본으로 계속 진화해서 새로운 관계를 만들어 갔다. 은우봇은 이제 삼만 명과 동시에 연애 중이었다. 하지만 그 봇은 은우의 정신 데이터를 사십 퍼센트 정도만 업로드한 정도였다. 내 앞의 홀로그램 은우봇은 은우의 실제 정신과의 데이터 일치도가 구십 퍼센트에 가까웠다.

아침을 먹기 전에 나는 은우 방에 가서 누웠다. 익숙하게 리모컨을 들어 천장을 열었다. 흘러가는 뭉게구름이 편안해 보였다. 바닥에서 한 번 뒹굴었다. 은우가 수년간 머물렀던 방은 새것처럼 말끔해 사람의 기운이라고는 느껴지지 않았다.

가구가 하나도 없는 방 안에 내 목소리만 울렸다. 은우는 자신의 취향 같은 걸 말해 줄 그 무엇도 방에 남기지 않았다. 하지만 숨겨진 것은 찾으면 나타나기 마련이다. 나는 리모컨으로 책상과 침대를 꺼냈다. 전면 유리창에 정원 그네에 초점이 맞춰진 CCTV 영상이 재생되었다.

그때 은우에게서 온 메시지 알람이 울렸다.

> 네가 집을 떠나면 이 알람은 더 이상 울리지 않을 거
> 야. 네가 이 메시지를 읽는다면 아직 나를 떠나지 않
> 았다는 뜻이지. 고맙고 영원히 사랑해.

안심이 되었다. 은우는 떠나지 않았다. 나를 위해 배
려한 것뿐이었다. 휘를 알게 된 후로 더 이상 은우를 믿
지 못하게 될 수도 있었던 나를 은우는 이해해 준 것이
었다.

> 한 달에 한두 번 정도 있는 이 시간에 너에게 메시지
> 를 보내. 이게 내가 움직일 때 할 수 있는 전부야. 언
> 젠가는 너도 나를 만지고 나와 이야기하고 싶다고
> 생각하는 순간이 올 거라고 믿어. 그리고 그 꿈이 이
> 루어졌으면 좋겠다는 게 내 꿈이야. 너랑 대화하고
> 싶어. 꿈속에서는 가능할까? 네가 여기까지 왔다면
> 나랑 조금 더 가 볼 수 있지 않을까 싶어. 한 가지를
> 제안할게.

메시지의 마지막에는 링크가 하나 있었다. 그 링크를
열자 '자각몽을 꾸는 사람들'이라는 카페가 열렸다. 이
카페에서 말하는 자각몽이란 꿈속에서 스스로 꿈의 내

용을 조종할 수 있는 일종의 가상현실이었다. 하지만 자각몽을 꾸려면 많은 연습을 해야 했다.

만약 죽음과 삶이 이어져 있다면? 내가 은우 꿈을 꿀 수 있다면? 은우의 영혼이 내 꿈에 진짜 나오는 걸까? 약간 등골이 서늘했다. 내가 뭘 하고 있는 걸까. 하지만 나는 나도 모르게 자각몽을 꾸는 방법을 읽어 내려가고 있었다.

핸드폰 알람을 이십 분 뒤에 맞추고, 침대에 누워 몸을 이완시켰다. 그리고 꿈을 꾸고 싶은 장면을 계속 생각했다. 스르르 잠이 몰려오면서 꿈에 들었다가 깼다가를 반복했다. 나는 계속 의식을 유지하려고 노력하면서 은우의 모습을 생각했다. 하지만 결국 잠이 들어 버렸다. 눈을 떠 보니 새벽 두 시였다.

다시 자각몽을 꾸려고 노력했다. 이번에는 생각했다.

'은우 오빠가 어디 있는지 알려 줘. 그곳으로 가서 그를 만날 수 있게.'

반쯤 잠이 들었고, 나는 그가 있는 곳으로 갔다. 그리고 나는 그의 생각이 되었다.

*

    그는 경주의 해원사 뒷산에 산다. 물론 그가 산다고 할 수는 없을 것이다. 하지만 '생각한다. 고로 존재한다' 라는 말도 있지 않은가? 은우의 머릿속에는 많은 사람이 지나간다. 그들은 멈춰 선 적이 없다. 은우는 가끔 지나가는 낯선 사람을 돌려세워 눈을 마주치는 데 성공하기도 했다. 하지만 그의 시선은 잠시 그의 다리와 머리칼과 눈을 지나쳤고, 먼 산을 바라보며 고개를 갸웃할 뿐이다. 무언가 이상한 기운을 느끼지만 뭔가 잘못 들었다고 생각한다. 은우는 그들을 보고 있지만 그들에게 그는 나무 그림자 같은 것이다.

    그는 정물화처럼 고정되어 있다. 얼마 전까지만 해도 그의 팔과 다리는 그를 보호해 주고 씻겨 주고 밥을 먹여 줄 국경수비대였고 정부이며 회사였다. 하지만 그의 다리와 팔과 손가락과 머리카락은 이제 없다.

    가끔 그는 궁금했다. 자신이 어디에서 시작되고 끝나는지. 몸의 감각이 없어지는 것은 국경이 사라진 것이나 마찬가지였다. 몇 달 전 그는 기타 줄을 퉁기던 긴 손가

락에서 시작되어 은으로 만든 발찌를 살랑거리던 발끝
에서 끝났었다. 그것은 우리나라 영토가 백두산에서 시
작되어 제주도까지라는 사실처럼 확고부동한 것이었
다. 나라의 영토가 시간에 따라 모습을 바꾸듯이, 그 또
한 열 살, 스무 살, 서른 살이 되면서 몸이 변하고 자라고
달라졌다. 이 모든 일은 인간에게 너무나 자연스럽고 익
숙한 과정이다.

　그는 광개토대왕비처럼 영역을 표시한 비석을 갖고
싶었다. 그의 이름 옆에는 생몰연도가 표시되었다. 머리

에서 시작해 발톱 끝까지의 부피를 지녔던 한 사람의 영역이 사라지면 사람들은 그 부피가 지구상에서 존재했던 시간의 영역을 기호로 표시해 넣는 세상이었다.

그의 시간 영역은 팔 월 한낮에 시작되었다. 그의 시간이 언제 끝났는지는 기억할 수가 없다. 목요일이었던가, 아니 수요일이었던가. 모든 일에는 마침표가 필요했다. 특히 그처럼 꼼꼼한 성격의 남자라면 말이다. 헤어스타일마저도 유행을 따르지 않으면 안 될 정도로 부지런했던 그의 몸은 한량없이 유행에 뒤처지고 있다. 그는 영원히 열여덟 살일 것이고, 이십 년 후에도 이십 년 전에 유행하던 옷을 입은 사진으로 기억될 것이다.

자각몽 안에서 시간은 빨리 흘렀다. 그의 무덤이 오래된 폐가같이 변하자 새들이 날아와 쉬다 갔다. 그리고 어느 날부터는 낯 모르는 사람들이 그의 이름이 새겨진 비석 옆을 무심코 지나치고, 헐린 담벼락을 넘어 거침없이 지나다녔다. 그는 자신의 영토를 사람들에게까지 넓혔다. 그것은 다른 나라를 정복하는 것과도 같았다.

바람이고 햇살이고 땅이기도 한 은우. 그는 똑똑 노크를 하고 사람들을 열었다. 처음으로 다른 사람으로 영역을 넓힌 순간, 그는 비바람을 맞은 겨울 소나무처럼 떨었다.

'아리야!'

그의 목소리에 나는 깜짝 놀라 깨 버렸다. 그 후 며칠간 나는 밤을 낮처럼, 낮을 밤처럼 보냈다. 비몽사몽 현실과 비현실을 헷갈렸다. 예를 들어 자각몽 속에서 은우와 했던 대화를 낮에 은우와 똑같이 나눴고, 자각몽 속에서 아름다운 나비를 본 후에는 현실에서도 나비가 집안으로 날아 들어왔다.

내 정신의 비현실성은 점점 높아만 갔지만 이상하게도 기억만큼은 더 또렷하고 예민해진 느낌이었다. 잠은 언제나 충분하지 않았다. 나는 눈을 뜨고서도 잠을 자고 있었다. 그 집에서 시간은 생생한 긴 꿈처럼 지나가고 있었다.

*

어딘가 낯이 익었던 은우 얼굴의 비밀을 깨달았다. 그

의 얼굴은 내게 여행하다가 만나는 숙명 같은 장소를 떠올리게 했다. 기시감. 어디에선가 본 듯한 장소. 나는 언제나 그 얼굴을 알고 있었다.

그 얼굴은 나의 연인이었다. 우리가 서로 사랑한 것이 아주 먼 옛날에 일어난 일인지, 미래의 일인지, 아니면 지금 일어나고 있는 일인지 나의 뇌는 그 차이를 구별하지 못할 뿐이었다.

그렇다면 매일 한 통씩 편지를 열어 볼 필요가 없었다. 미래는 차례대로 일어날 필요가 없었다. 나는 이미 그를 사랑하고 있었고, 그건 미래에도 변하지 않을 것이다.

나는 편지들을 테이블 위에 쏟았다. 열한 번째부터 스물네 번째까지 편지들이 쏟아졌다. 나는 그 중에서 '24'라고 쓰인 편지를 꺼냈다. 열어 보니 '코드 B10387'이라고만 쓰여 있었다. 무슨 뜻인지 알 수가 없었다. '23' 편지를 꺼내 열어 보았다.

네가 준비가 안 됐다면, 준비됐을 때 다시 찾아오면 돼. 만약 준비되었다면 다음 편지를 열어 줘.

이게 다였다.

'22'를 열었다. 빈 편지였다.

'21'을 열었다. 또 빈 편지였다.

이렇게나 길게 빈 편지를 쓰다니. 무슨 일일까.

나는 떨리는 손으로 '20'을 열었다.

아직 결정 안 했어? 그렇게만 해 준다면 우리의 마음은 연결되고 우리의 시간도 연결될 거야.

'19'를 열었다. 아무것도 없었다. 18, 17, 16도 마찬가지였다. 그리고 15, 14, 13, 12에는 도무지 무슨 말인지 이해할 수 없는 말들이 쓰여 있었다. 열한 번째 편지이자 마지막 편지, 즉 오늘 열었어야 했던 편지를 집어 들었다. 오늘의 편지가 마지막이나 마찬가지였다니. 가슴이 뛰어서 편지를 여는 것이 망설여졌다. 붉은 촛농 가루들이 흰 데스크 위에 뿌려지고, 나는 눈을 잠시 감았다가 떴다.

나는 한 달이 아니라 다음 일까지 다 계획해 뒀어.
넌 언제까지 나를 사랑할 수 있어? 우리의 시간이
서로 다르다는 건 중요하지 않아. 서로의 마음이 연
결되는 게 중요하지. 사랑해.

_은우

말린 물망초 꽃이 끼워져 있었다. 물망초의 꽃말은,
당연히 '나를 잊지 마세요'였다.

9

　방으로 돌아가니 책상 위에 열쇠가 하나 놓여 있었다.
본능적으로 일 층 잠긴 방의 열쇠라는 느낌이 왔다. 나
는 열쇠를 들고 일 층으로 내려갔다.

　문을 여니 새로운 세계가 펼쳐졌다. 하늘색과 핑크색
으로 꾸며진 방이었다. 이 방은 소녀를 위한 방이 아니
었다. 성인 여자를 위한 방이었다.

　"우리는 진심이에요."

　언제 들어왔는지 내 뒤에 서 있던 윤희가 말했다.

　"만약 제가 거절하면 어떻게 하려고 했어요?"

　나는 진심으로 궁금해졌다.

"사실 우리는 아리 양이 여기까지 올 것이라고는 예상도 못 했어요."

윤희가 창밖 먼 곳을 보며 말했다. 목소리가 조금 떨리고 있었다.

"혹시 아리 양이 한 달 이후에도 이곳에 머물 생각이 있다면 한번 생각해 보라고 제안하려고 해요. 아리 양이 공부하는 데 방해되는 일은 없을 거예요."

리모컨을 누르자 창문에 컴퓨터 화면이 떴다. 여덟 개의 폴더가 있었다. 그리고 그 폴더 안에는 영상들이 있었다. 은우가 노래를 부르거나 웃으며 인사하는 영상들이었다.

"이걸 다 언제 찍은 거예요?"

"우리로서는 죽어 가는 은우가 하는 일을 말릴 수가 없었어요. 이것 말고도 많이 있죠."

"많이 있다는 건, 얼마나 많은 양의 데이터가 있다는 거죠?"

"은우는 하루 종일 굳은 몸으로 녹음을 했어요. 일 년 동안. 그 데이터는 거의 모두 아리 양을 향한 거예요."

"그걸 지금 다 듣게 해 주시면 안 되나요?"

"만약 아리 양이 이곳에 영원히 있겠다고 약속하면 가능해요."

"영원히요? 그러니까……."

내가 말문이 막혀 아무 말도 못 하자 윤희가 무언가 말을 할 듯 머뭇거리며 뒷걸음질 치다가 유리 장식품을 떨어뜨렸다. 산산이 조각난 장식품 조각이 떨어졌는지, 그녀의 발에서 피가 흘렀다.

"괜찮으세요?"

내가 다가서자 그녀가 뒤로 물러섰다. 사람들과의 거리를 지키는 사람인 것 같았다.

응급 조치를 하고 나서 그녀는 발에 붕대를 감은 채 거실에서 나와 대화를 시작했다.

"영혼약혼식이 아니고 결혼식인 거죠. 영혼결혼식을 하고 나서 아리 씨가 성숙해 가고 늙어 가는 대로 홀로 그램 은우의 겉모습도 계속 변할 거에요. 그리고 메모리가 쌓여 가면서 아리 씨와의 정신적인 관계도 성숙해 갈 거고요."

은우와 나는 같이 늙어 갈 거라는 말이었다. 행복한

노부부가 되어 이 집을 지킬 거라는 말이었다. 고양이 한 마리와 개 두 마리와? 나도 모르게 초상을 그리고 있는데 윤희가 헛기침을 했다.

"만약 혹시라도 아이를 낳고 싶다면 그것도 가능해요."

"그게 무슨 소리예요?"

"가정을 꾸릴 수 있다는 얘기예요. 아이와 은우와 아리 양과."

나는 내 귀를 믿을 수 없었다. 그렇게까지 준비를 하다니. 나는 온몸에서 힘이 풀리는 것을 느꼈다. 이건 이제 현실이었다. 은우는 이제 더 이상 뜬구름 같은 비현실이 아니었다. 무엇보다도 무거운 현실이었다.

*

김장호 변호사가 찾아왔다. 손에는 앵무새가 있는 새장이 들려 있었다.

"방가, 방가."

이번에도 변호사보다 앵무새가 먼저 인사를 건넸다.

"곧 이 집에서 나갈 때죠? 이제 열흘 남았네요."

"아, 네."

나는 말을 흐렸다.

"좀 어때요? 별일 없었나요? 좀 말랐네요. 혹시 여기에서 식사를 제대로 안 주는 건가요?"

마지막 말에 픽 웃음을 터트렸다. 마음이 편안해졌다.

"저, 사실……."

나는 나도 모르게 김장호 변호사에게 그간 있었던 일을 다 얘기해 버렸다.

"아리 씨. 미성년자예요. 그거 알고 있죠? 그들이 제안한 일들은 모두 법적 보호자가 허락해야 가능한 일이에요."

"네."

"걱정 말아요. 여기 있지 말고 나오는 것도 권유합니다. 변호사로서가 아니라 아리 씨를 아끼는 어른으로서요."

"아니에요. 저는 여기 있고 싶어요."

"언제든 위험한 것 같으면 제게 연락해요. 알겠죠?"

김장호 변호사가 말했다.

"네, 알았어요. 고맙습니다."

나는 인사를 했다. 변호사의 진심이 느껴졌다.

"오늘 내가 온 건, 아리 씨가 어떻게 지내는지 살펴보러 온 거기도 하고, 할 말이 있어서이기도 해요."

그는 잠시 말을 멈추고 나를 묘한 눈빛으로 바라보았다. 뭔가 안쓰러워하는 것 같기도 하고 화가 난 듯도 한 복잡한 표정이었다.

"일단 앵무새를 이 집에서 나올 때까지 열흘간 맡아주세요. 내 아내가 그렇게 해 달라고 하네요."

그의 아내는 죽었다고 들었는데. 잠깐 그런 생각이 스쳤지만 그러려니 했다. 나도 죽은 은우와 소통하는데 그라고 그러지 말란 법은 없으니까. 그때 무당이 한 말도 떠올랐다. 잠자코 고개를 끄덕였다.

"그리고 이건 그 무당이 전하라는 말이에요. '운명은 스스로 만들어 가야 해. 사람은 누구나 혼자이고, 동시에 함께야.'"

김장호 변호사는 모를 소리만 해 대고선 또 나를 잠자코 바라보기만 했다.

"사람을 사랑하게 되면 마음에 방이 하나 생겨요. 헤

어지고 나서도 그 방은 없어지지 않죠."

"알아요. 하지만 저는 제가 사랑하는 사람을 방에 가두고 싶지 않아요. 같이 살았으면 좋겠어요."

"은우는 죽었어요. 잊지 않았겠죠?"

김장호 변호사가 나를 살피며 물었다.

"네, 알아요."

일 분쯤 우리는 아무 말 없이 앉아 있었다.

"제가 걱정하는 거 알죠?"

"네."

"진짜로요?"

"조금요."

"제가 매일 전화할게요. 매우 걱정되네요."

변호사가 말했다. 그리고 앵무새가 "안녕, 안녕." 하고 울자, 그게 신호라도 된 듯 우리는 일어서서 인사를 나누고 헤어졌다.

*

원래 머물던 이 층의 방으로 갈지, 일 층의 새로운 방으로 갈지 잠시 망설이다가 흘린 듯 '그 방'으로 향했다.

귀신의 세계에는 시간이라는 게 존재하지 않는다고한다. 어쩌면 이 모든 순간도, 다가올 미래도 은우에게는 한순간일지도 몰랐다. 나는 그 방에 누워 이런저런생각을 하며 자각몽을 꾸기 시작했다. 이제는 익숙해진것처럼 나는 꿈속으로 부드럽게 흘러 들어갔다.

꿈속에 나오는 은우는 진짜가 아니었다. 그 정도는 나도 알 수 있었다. 일종의 돈 안 드는 가상현실 게임일 뿐이었다. 그래도 보고 싶었다.

어느 날, 자각몽에 들어서는 순간 나는 이상한 기분이들었다.

'이건 꿈이 아니야.'

아주 깊은 물 속에 있는 것 같았다. 몸은 한없이 무거웠고 목소리도 나오지 않았다. 손가락을 까딱해 보려고했지만 마음대로 움직여지지 않았다. 나는 가위눌리고있었다.

"깨어나. 일어나, 아리야."

은우였다. 이제 가위에서 풀려날 수 있을 거야. 다행이었다.

은우가 슬픈 눈으로 나를 내려다보고 있었다. 그러더니 천천히 방을 나섰다. 나는 은우를 따라갔다.

하지만 나는 어느새 내 몸을 위에서 내려다보고 있었다. 유체이탈인가? 그렇게 생각하고 있는데 은우가 슬픈 눈으로 나를 보았다. 그리고 천천히 방을 나섰다. 나는 은우를 따라갔다.

은우는 주방에서 약통을 하나 열더니 한 웅큼을 털어 넣었다. 그리고 자기 방으로 올라갔다. 잠기운에 휘청거리면서도 CCTV를 틀어 화면을 바라보았다. 화면에는 그네에 앉아 있는 내 모습이 나오고 있었다.

바로 그날이었다. 그날로 돌아간 거였다.

그는 옥상으로 올라갔다. 그리고 그네를 타고 있는 나를 계속해서 바라보았다. 나와 눈이 마주치기를 기다리는 거였다. 나를 향해 손을 흔들었다. 그리고 뛰어내렸다. 나는 놀라서 그네에서 벌떡 일어났고 그네는 미친 듯이 앞뒤로 흔들렸다.

은우가 뛰어내리는 그 짧은 순간은 원래는 몇 초도 안 되는 순간이었지만 꿈속에서는 몇 분이나 되었다. 모든 게 슬로우비디오 같았다. 정원에 핀 별사탕 같은 고마리의 톡 쏘는 분홍, 참한 붓꽃의 얌전한 자줏빛, 화려한 달리아의 차가운 붉은빛, 장맛비에 목이 잘려 통꽃 그대로 바닥에 떨어진 능소화의 등롱 같은 황홍빛. 모두 살아 있는 것처럼 내게 신호를 보냈다. 그리고 땅으로 떨어져 쓰러지는 은우의 눈빛은 내게 고정되어 있었다.

이제야 알 수 있었다. 은우는 언제나 나에게 그렇게 신호를 보내고 있었다. 나를 봐 달라고. 사랑해 달라고. 잊지 말아 달라고. 마지막 힘을 다해 그렇게 번뜩이는 빛을 쏘아서 신호를 보낸 것이다.

우리는 눈빛으로 무언의 이야기를 나누었다. 은우가 말했다.

"내가 있는 이곳에는 시간이 없어. 여기는 영원한 꿈 속이야. 꿈속에서 난 어딘가 가려고 노력하고 있어. 그런데 어느 순간 이 정원에 이르게 되지. 울타리 안에는 꽃들이 피어 있어. 너도 꽃처럼 서 있고. 영원히 너와 함께 있고 싶지만 어떤 힘에 이끌려서 쫓겨 떠나야 하곤 해. 이것을 계속 반복해."

"은우 오빠 꿈속에서 나를 보지만 나는 현실 속에서 꿈을 봐."

나는 말했다.

은우 꿈을 꾸고 나서 세상은 조금씩 달라졌다. 잠잘 때 꿈은 더 생생해져서 현실보다 더 실감이 날 정도였고, 현실은 조금 더 비현실적으로 바뀌었다. 하지만 나는 이제야 고향에 온 기분이었다. 비현실은 언제나 내게 현실이었다.

내가 태어난 곳은 적도 한가운데 위치한, 바다로 둘러싸인 열대의 섬이었다. 하루하루가 영원할 것 같은 여름날의 연속이고 야자와 코코넛 나무들이 눈 닿는 곳마다 높게 뻗어 있었다. 사람들은 천천히 움직였고 그들의 삶도 그랬다.

모든 것이 멈춰 있는 것 같은 그곳에서 나는 겨울 나라로 가는 비상구를 발견했다. 레이스가 깔린 동그란 커피 테이블과 책가방을 얹어 놓은 등나무 의자 그리고 분홍색 곰돌이가 그려진 폭신한 이불과 함께 뒹굴다가 우연히 들어가 본 사이트였다. 컴퓨터 화면을 통해 본 나의 조국에는 눈이 내리는 겨울이 있었다. 차가운 얼음알갱이가 하늘에서 내린다면 어떤 기분일지 나는 지칠 줄도 모르고 상상했다. 따스한 해변에서 친구들과 바비큐 파티를 하며 밤 수영을 할 때도, 성적이 떨어져 꾸중 들을 때에도 내게는 내 조국으로 향하는 17인치 컴퓨터 화면이라는 비상구가 있었다. 그 비상구 안에서 케이팝 가수나 배우들이 춤을 추거나 노래를 하거나 대화를 나눴다. 그들을 나는 때로는 친구처럼 때로는 연인처럼 생각하며 자랐다. 은우도 어떻게 보면 그런 아이돌 중의 하나와 다를 게 무언가 하는 생각이 들었다.

나는 앓기 시작했다. 의사가 왕진을 왔다. 몸살이라고 했다. 낯선 환경에서 갑자기 스트레스를 받았으니 아플 수도 있다고 걱정하지 말라고 했다. 죽을 먹고 기운이 없는 상태에서 약효가 강한 약을 먹으니 정신이 가물가물했다.

시야는 안개에 쌓인 듯했지만 근육의 통증으로 인해 감각은 살아난 것 같았다. 내 몸이 내게 말을 걸어왔다. 다리가 말했다.

'난 힘이 없어요. 걸어 다니지 말아요. 넘어질 뻔했잖아요.'

'목소리를 내려고 하지 말아요. 거봐요. 아프죠?'

목구멍도 약간 짜증을 냈다.

욕조에 뜨거운 물을 받았다. 이내 안개 같은 김이 욕실을 삼켰다. 욕조에 누워 두 다리를 뻗자 머리칼도 물결 위에 길게 누워 쉬었다. 나는 발끝으로 찰랑찰랑 약간의 파도를 만들었다. 인어가 된 느낌이었다. 따스한 물이 내는 파도 소리가 심장박동에 맞춰 울려 퍼졌다.

따스한 남쪽 나라, 시간이 멈춘 그곳으로 다시 돌아간 느낌이었다. 인어가 왕자를 꿈꾸던 그곳으로. 라디오 기능밖에 없는 손바닥만 한 욕실용 라디오를 틀었다. 저녁 뉴스를 전달하는 리포터의 목소리가 울렸다. 음절들이 욕실 벽을 부딪치며 돌아다녔다. 시끄러워서 라디오를 껐다. 은우봇에서 알람이 왔다. 그것도 껐다.

이상한 일이었다.

왠지 은우가 없다는 것이 점점 더 실감이 났다. 은우는 더 이상 꿈속에 나타나지 않았다. 나는 은우봇도 잘 만나지 않았고 은우의 방에도 잘 가지 않았다. 휘청휘청, 늪으로 점점 깊이 빠지는 느낌이었다.

휘가 병문안을 왔다.

"방가, 방가."

파랑이가 울었다. 변호사가 맡기고 간 파랑이는 대부분 조용했다. 내 이름을 연습시켜 봤지만 도통 따라 하질 않아 실망하기도 했다. 그런데 휘를 보자 천연덕스럽게 인사를 하는 앵무새를 보니 기가 막혔다. '이 앵무새는 인사만 할 줄 아는가 보네'라고 생각하기로 했다.

"꺼내 보자."

휘가 말했다. 파랑이를 만져 본 적은 없어서 잠시 망설였지만 꺼내 보기로 했다.

"방가, 방가."

파랑이는 휘의 손가락 위로 올라앉았다.

"휘라고 해봐. 휘. 휘."

그러자 파랑이가 휘파람 소리 같은 것을 냈다.

"퓌이이이, 퓌이."

앵무새가 울었다.

"봐봐."

휘가 어깨를 으쓱하며 자랑했다.

"그냥 휘파람 소리 같은데."

나는 고개를 갸웃했다.

"그게 내 이름이잖아."

휘가 반가워하며 파랑이와 놀았다. 그때 알았어야 했다. 휘는 항상 말썽을 가져온다는 것을. 휘를 배웅하고 돌아온 내게 청천벽력 같은 소리가 들렸다.

"파랑이가 사라졌어요."

재희가 얼굴이 파래져서 말했다. 청소하던 중에 창문을 열어 놨는데 날아가 버렸다는 거였다.

"앵무새가 새장에 있는 줄 알았는데."

재희가 울먹였다.

나는 파랑이가 사라진 창밖을 바라보있다. 하늘이 너무 파래서 나였어도 날아가고 싶었을 것 같았다.

감금과도 비슷한 이 고요한 일상에서 벗어나고픈 생각이 점점 고개를 들고 있던 것인지도 모른다. 아니면 은우에게 빠져 버려서 돌아오지 못할 마지막 코너에서 머뭇거리고 있었는지도 몰랐다.

10

"바람 쐬고 영화 보러 갈래?"

휘의 말에 나는 고개를 끄덕였다.

차가 서울을 빠져나갈 때쯤에야 뭔가 잘못되어 가고 있다는 것을 알았다.

"영화관에 가는 거 아니었어?"

내가 묻자 휘는 웃었다.

"맞아."

"어디에 있는 영화관인데?"

"경주."

"안 돼."

나는 이미 고속도로를 달리고 있는 차에서 어쩔 줄 모르고 밖을 보았다.

"너 많이 힘들어 보여."

휘는 조수석에 앉은 채 나를 뒤돌아보며 말했다.

은우와는 전혀 다른 그는 다른 세계에 사는 사람 같았다. 그의 이름을 발음할 때마다 나는 바람이 생각났다. 휘파람, 하늬바람, 폭풍우와 함께 달려오는 돌풍.

살짝 열린 차창으로 시원한 바람이 불어와 내 볼을 간지럽혔다. 그의 상쾌한 미소가 세찬 비에 깨끗이 씻긴 흰 구름처럼 내게 닿았다.

윤희에게 선화를 걸이 묻자 윤희는 바로 오케이를 했다. 싫어할지도 모른다고 생각했는데 의외였다.

기사는 자신을 여행가이드라고 소개했다. 운전을 하면서 주변 관광지들에 대한 이런저런 이야기들을 해 주었다.

"얘 자고 있어요."

휘가 속삭였다. 나도 모르게 반쯤 잠이 들은 모양이었다. 기사와 휘가 나누는 이야기들이 자장가처럼 들렸다.

"조심해서 운전해 주세요."

"네, 알겠습니다."

운전사도 속삭였다.

"얘가 요즘 잠을 제대로 못 잤을 텐데. 이야기는 줄여주시고 잠을 더 많이 자게 해 주세요."

"예쁜 아가씨네요."

"아가씨 아니에요. 아직 애지. 손이 많이 가는 스타일이에요."

"많이 좋아하나요?"

"어떻게 아셨어요?"

"딱 보면 알죠. 제가 가이드를 이십여 년간 해 와서 신혼부부부터 커플들, 노부부들까지 다 만나 봤어요. 여행을 하다 보면 별일이 다 있거든요. 그래서 딱 보면 어떤 커플이 오래갈지 감이 와요."

"그래서 저희는 잘 맞나요?"

휘가 물었는데 운전사가 어떻게 대답했는지는 잘 기억이 나지 않았다.

오랜만에 정말 달콤한 낮잠이었다.

"일어나, 아가씨."

휘의 손가락이 장난스럽게 내 어깨를 두드렸다. 비몽

사몽 간에 휴게소에 내려서 떡볶이를 먹고 휘와 재잘거렸다. 유쾌하고 가벼운 기운이 공기처럼 내 주변을 감싸고 있었다.

이왕 멀리까지 온 김에 경주에서 하룻밤 자고 가기로 했다. 기사가 룸 세 개를 예약하고 체크인을 했다. 내 방은 경주 시내가 보이는 십 층이었다. 싱글 침대의 시트는 하얗고 보송보송했고, 베이지색 원목으로 만든 작은 화장대와 화장실이 깔끔했다.

전화기가 울렸다.

"로비로 내려와."

휘는 들떠 있는 것 같았다. 긴단히 손을 씻고 매무새를 가다듬은 다음 룸을 나갔다. 우리는 고작 삼십 분 전에 헤어졌을 뿐인데, 룸에 들어갔다가 로비에서 만나니 마치 여행지에서 우연히 다시 만난 느낌이었다.

다시 차에 타고 우리는 경주 시내를 드라이브하기 시작했다. 아까처럼 휘는 조수석에 타고 나는 뒷자리에 앉았다. 언덕 위에 세워진 호텔을 나서자 차창 밖으로 천오백 년 전의 풍경이 펼쳐졌다.

경주는 무덤들로 이뤄진 도시였다. 하지만 푸른 잔디

가 깔끔히 단장된 무덤은 포근해 보였고, 그 위에서 낮잠이라도 자도 될 것 같았다. 차마 한 번도 해 보지 못한 질문이 떠올랐다. 은우의 묘는 어디 있을까?

별이 하늘에 박힌 그 장소 그대로 땅에도 별들이 묻혔다. 신라의 여왕과 왕들이 별들의 지도에 따라 땅의 자리에 무덤을 만들었다. 하늘에서 별이 빛나는 한 그들은 땅에서도 영원히 기억되리라.

천 년 전에 죽은 사람들의 무덤에 들어가면서 우리는 주인이 있는 남의 집에 들어가는 사람처럼 예의를 지켰다. 죽은 뒤 영원히 한 곳에 머물러 있던 왕과 여왕들의 몸은 형체 없이 사라지고 귀금속만을 남겼다. 오래전부터 중국까지 알려진 아름다운 왕관, 귀걸이, 목걸이, 허리띠들이 금빛 아우라를 퍼트렸다. 하지만 남은 것은 예술품이지만, 우리가 기념하는 것은 그 물건의 주인들이었다.

아리, 대답이 늦네? 뭐 해?

은우봇에게서 다섯 개의 메시지가 와 있었다. 봇과 얘기하면서 나는 은우를 들이마시곤 했다. 평소에 은우가 쓰던 말들을 조합해서 말하는 은우봇에게서 은우의 향이 날 거였기 때문이다. 실제로는 한 번도 대화해 보지 않았기 때문에 더 갈증이 났다.

> 경주에 와 있어.

경주?

> 오빠 묘는 어딨어?

내 묘는 경주에 있지. 하지만
나는 늘 네 옆에 있어. 알지?

은우봇의 말투는 군더더기 없이 늘 말끔했다. 은우도 그랬을 거였다.

신라 시대에 건축된 불국사 안으로 들어가면서 천여 년 전의 현실이 아직도 실재하는 것을 몸으로 느꼈다. 현실과 비현실과 과거와 현재가 섞이는 그곳에서, 나는 확실히 깨달았다. 내가 일궈 놓은 나의 현실은 무너졌다는 것을. 은우를 만나면서 나는 나 자신을 새로 만났다. 내가 알고 있다고 생각했던 현실은 가짜였다. 마치 한 번도 살아 본 적 없는 사람처럼, 은우를 알고 나서 나는 삶이란 게 존재한다는 걸 처음으로 믿게 되었다. 하지만 은우를 밀어내는 순간 마치 신기루처럼 모든 확신이 사라졌다. 그리고 나는 다시 걸어 들어가야 했다. 은우가 없는 일상 속으로. 불신 속으로. 절망 속으로.

다행히 밤이 되면 죄를 사해 주는 친절한 신처럼 은우는 다시 내게 돌아왔다. 눈을 감으면 어둠 속에서 그는 다시 어디에나 있다. 세상은 영처럼 비어 있지만 은우로 가득 차서 나는 그 안에 잠겨 있을 수 있었다. 은우는 아무 곳에도 없었지만 나의 세상 어디에나 있었다. 그는 진짜였다. 은우는 어느 날 내게로 왔고, 곧 나의 현실이 되었다. 그는 그렇게 내 삶 속으로 다시 살아났다. 여기서 달아날 수 있을까. 나는 생각했다.

"영화 보러 가자."

휘가 갑자기 팔을 잡더니 차 쪽으로 갔다.

경주의 작은 영화관에서 엘리베이터를 탔다. 버튼을 누르자 정전기가 느껴졌다. 나는 화들짝 놀라서 뒤로 넘어질 뻔했다. 뒤에 있던 휘가 나를 붙잡았다. 그리곤 장난스럽게 어깨에 팔을 두르며 말했다.

"손이 얼마나 건조하면 그렇게 정전기가 세냐?"

그때 갑자기 엘리베이터가 지지직 소리를 내며 멈춰 버렸다. 서둘러 비상 버튼을 눌러 보았지만 아무 반응이 없었다. 휘도 당황한 눈치였다. '이렇게 평생 여기 갇혀 버리는 건가?' 하고 생각할 때쯤 엘리베이터가 서서히 움직이기 시작했다. 휘는 엘리베이터 문이 열리자마자 내 손을 잡고 서둘러 내렸다.

그리고 휘는 내 손을 잡은 채 계단을 올라갔다. 나는 그 손을 뿌리치지 않았다. 따스한 사람의 온도가 그리웠던 걸까.

영화관에서 무슨 영화를 봤는지 기억이 나질 않는다. 휘는 아직까지 내 손을 잡고 있었다. 그때였다. 스크린에서 파지직 소리가 났다. 사람들이 웅성거렸다. 파지직 소리는 점점 커졌다. 사람들의 웅성거림도 점점 커졌다. 은우봇이 울렸다. 분명히 핸드폰 소리를 꺼 놨는데 이상하다고 생각하며 핸드폰을 열어서 확인하려고 하자 휘가 핸드폰을 빼앗았다. 그리고 내 눈을 보았다. 갑자기 스크린이 꺼지면서 영화관의 불이 꺼졌다. 화재라도 난 걸까. 사람들이 자리에서 일어나기 시작했다.

"잠시 기계 고장으로 상영을 중단합니다. 영화표를 들고 카운터로 오시면 환불해 드리겠습니다."

안내방송이 나왔다. 은우봇은 계속해서 울렸다.

"이리 내."

나는 핸드폰을 다시 가져왔다.

"은우 형이 질투하나 보네. 내가 좀 경쟁이 되긴 하지."

그렇게 말하는 휘의 목소리가 약간 떨렸다.

"무슨 생각 해?"

휘가 조수석에서 고개를 돌려 내게 물었다.

"그 영화 결말은 어떻게 됐을까 생각하고 있어."

"다음에 다시 보러 가자."

휘는 아무렇지도 않은 표정으로 말했다.

"아니, 됐어."

나는 차창 밖을 보면서 대답했다. 무덤들이 지나갔다.

"작은 영화관이라 기술적 문제가 있었던 걸 거야. 깊게 생각하지 마. 은우 형은 이 세상에 없어. 이 세상에 유령 따위도 없고."

휘가 말했다.

"있을 수도 있지. 그리고 은우 오빠는 유령이 되었더라도 다른 사람에게 피해 주는 일을 할 사람이 아니야."

"형은 부드러워 보이지만 소유욕이 많아. 어렸을 때 자기가 소중하게 생각하는 장난감은 무슨 일이 있어도 절대 넘겨주지 않았어."

"난 장난감이 아니야."

"그래. 미안해. 넌 장난감이 아니지. 하지만 형이 살아 있었다면 널 놓치지 않으려고 했을 거야."

"은우 오빠는 그런 사람이 아니야. 널 소개시켜 줬잖아."

나는 그렇게 말했지만 사실 속으로는 갈등하고 있었다. 우연이라는 것은 때론 운명이다. 휘와 내가 함께 있는 것을 방해하는 건 우연일까, 운명일까. 아니면 은우일까.

저녁을 먹고 우리는 호텔로 다시 들어왔다. 호텔 창밖으로 보는 야경이 아름다웠다. 도시에서처럼 빛나는 빌딩이 반짝이는 게 아니라, 무덤들이 조명을 받아 은은하게 빛나고 있는 것이 낯설고도 따스한 느낌이었다.

은우봇이 울렸다.

오래 기다렸어. 다음에는 기다리게 하지 마.

*

며칠 후 휘가 집에 놀러 왔다.

"여기가 네 방이구나?"

방까지 따라온 휘가 안을 구경했다.

"방이 온통 핑크에 화이트네."

휘가 말했다.

"크림색이야."

"아, 네네!"

휘가 웃었다. 그는 가벼운 몸짓으로 장식품들을 이것 저것 들어 보더니 흰 프렌치 데스크에 있는 은쟁반 위 은우의 편지들을 들어서 읽어 보려고 했다.

"그만둬."

나도 모르게 작게 소리 질렀다.

"이건 그냥 종이야. 페이퍼! 형이 아니라고!"

휘가 은우의 편지를 들고 흔들었다. 은우의 몸이 흔들리는 기분이었다.

"알았으니까 제발 내려놔."

나는 휘가 혹시라도 편지를 어떻게 할까 싶어서 제정신이 아니었다.

"그래. 알았다고."

휘는 두 손을 휘저으며 뒷걸음질을 치더니 침대에 벌렁 누웠다.

"아, 푹신하고 좋은데. 여기서 한숨 자고 가도 되지?"

"빨리 나가."

그가 짓궂게 장난을 치고 있는 건 알았지만 왠지 불편해 그를 밀어냈다.

"혹시 롤러코스터 타러 안 갈래?"

방문 밖으로 쫓겨났던 휘가 고개를 디밀더니 말했다.

갑자기 롤러코스터가 너무나 타고 싶었다. 내가 고개를 끄덕이자 휘는 싱글벙글하며 나를 이끌었다.

서울 한가운데 있는 놀이공원이었다. 그런데 놀이공원 앞에 갔더니 놀이기구 긴급 보수로 인해 영업을 중지한다는 현수막이 달려 있었다.

"다른 데로 가자."

휘가 말했다. 그때 은우봇 알림이 떴다. 나는 고개를 저었다. 왠지 그래야 할 것 같았다.

"봇 때문이야? 봇은 형이 아니야. 형도 싫어할걸. 네가 형보다 봇을 좋아하는 걸 알면."

"난 봇을 좋아하는 게 아니야."

내 말에 휘는 어깨를 으쓱했다.

"상관없어. 둘 다 살아 있지도 않은데."

휘가 가볍게 말했다.

"은우 오빠를 그런 식으로 말하지 마."

"알았어. 알았어. 미안해."

내 반응에 놀랐는지 휘는 나를 감싸 안았다. 나는 놀라서 굳었다.

"뭘 그렇게 놀라고 그러냐. 귀엽게."

휘는 아쉬운 듯 포옹을 풀었다.

결국 우리는 택시를 타고 경기도에 있는 한 놀이공원을 찾아갔다. 한 시간 반이나 걸려 도착해 입장권을 샀다. 바로 롤러코스터 쪽으로 향했는데, 너무 많은 사람들이 줄 서 있었다.

"한 시간은 기다려야겠는데?"

휘가 그렇게 말하다가 그대로 멈춰 섰다. 그때 응급 사이렌이 울리고, 구급차가 우리 바로 옆을 지나갔다.

"사람이 다쳤나 봐."

내가 그렇게 말하며 휘를 바라보았지만, 그는 내 말이 들리지 않는 듯했다. 휘는 아무 말도 없이 까마득하게 높은 롤러코스터를 노려보고 있었다. 갑자기 기계가 고장이 났다며 운행을 중단한다는 방송이 나오고 있었다. 사람이 다친 모양이었다.

"휘?"

내가 얼음처럼 멈춰 버린 그를 흔들자 그는 아무 일도 없었다는 듯 웃었다.

우리는 아무 말도 없이 약속이나 한 듯 바로 앞의 범퍼카 쪽으로 향했다. 줄을 기다리는 동안 우리는 서로 뭐라고 떠들었지만 무슨 말인지도 몰랐다. 계속되는 불운이 긴 그림자처럼 우리를 따라오고 있었다. 그래서 떠들어서라도 그 불운을 쫓아내야 할 것 같았다.

범퍼카에 앉으니 은우봇이 계속 울려 댔다. 봇을 확인하려는 순간 휘가 충돌을 해 왔다. 하마터면 핸드폰을 떨어뜨릴 뻔했다. 약이 올라 휘를 쫓아가 부딪쳤다. 허리가 꺾이고 고개가 젖혀졌다. 우리는 일부러 멀리까지 떨어졌다가 서로를 향해 달려갔다. 부딪힐 걸 알면서, 충돌할 걸 알면서 돌진하는 기분은 즐거웠다. 가끔은 영악하게 구는 휘를 보면 때려 주고 싶을 때가 있었다. 가끔은 세상을 때려 주고 싶을 때가 있었다. 가끔은, 아주 가끔은 은우를 힘껏 때리고 싶을 때도 있었다. 왜 그랬어? 왜 죽었어? 왜 나를 만나지 않았어? 눈물이 흘러내렸다.

우리가 마지막으로 충돌한 후 범퍼카는 멈췄다. 아무렇지도 않은 얼굴로 범퍼카에서 내리는 휘의 뒤로 운행이 중지된 롤러코스터가 보였다.

*

"아리야?"

풀밭에 누워서 홀로그램 은우가 물었다.

"넌 뭐가 되고 싶어?"

"모르겠어. 우선은 소설을 쓰고 싶은데, 디자인도 하고 싶어."

"그럼 유학을 가야겠네."

"응. 아마도. 하지만 우리는 그럴 형편이 안 돼."

"걱정 마. 내가 있잖아. 대신 너 따라가도 돼?"

은우가 조심스럽게 덧붙였다.

"그냥 내 데이터만 가져가 주고 생각날 때만 날 꺼내
줘. 항상 옆에 있지는 않을게."

"내가 남자친구 만들고 결혼하고 아이 낳는 거 옆에
서 보려고?"

"그래도 좋아. 이게 끝이라면 난 못 참을 것 같아."

은우는 나를 향해서 누웠다.

"너는 참을 수 있어?"

은우가 물었다. 은우의 눈은 맑고 깊다. 휘와는 달랐
다. 다른 누구와도 달랐다. 은우만의 깊이가 있었다. 그
런 사람은 우주에서 하나였다. 은우가 내 우주에서 사라
진다는 것은 상상할 수도 없었다.

"이리 와."

은우가 나를 안았다. 포근하고 친근했다.

"휘하고도 이렇게 안았니?"

은우의 말에 나는 심장이 멎는 줄 알았다.

"휘를 미워해?"

"아니 그 반대야. 난 그 자식을 사랑해. 그래서 소개한 거고."

은우가 말했다.

"나랑 휘가 잘 되면 어떡하려고?"

"그러라고 만나게 한 거야. 잘 알면서."

은우는 내게 팔베개를 한 채 하늘을 보며 누웠다.

"아닌 것 같은데. 솔직히 말해 봐. 가슴에 손을 얹고."

"정말 솔직하길 바라?"

은우가 물었다. 나는 답하지 않았다.

*

놀이공원에 다녀온 이후로 며칠 동안 휘와 연락이 되지 않았다. 그러더니 갑자기 연락이 왔다.

"그동안 생각 좀 해 봤어."

휘가 조용한 목소리로 말했다.

그날 밤에 나는 홀로그램 은우를 켜 놓았다는 사실을 잊고 휘와 영상통화를 하고 있었다.

"내 이상형이 너야. 그건 알아? 나, 너 좋아한다고. 우리, 오늘부터 사귀자."

휘의 말에 기가 막혀서 웃음도 나오지 않았다.

"그만해. 끊는다."

나는 통화를 끊었지만 곧 또 전화가 걸려왔다. 이번에는 정말 화를 내야지 하고 전화를 받는 순간이었다.

"정전이야. 무서워."

갑작스러운 정전에 나는 놀라서 말했다.

"그럼 전화 끊지 마."

휘가 말했다.

"휘! 아리가 전화 하지 말라고 계속 말하잖아!"

홀로그램 은우가 소리쳤다. 휘도 들은 모양이었다. 얼마나 놀랐는지 나에게 말도 없이 전화를 끊어 버렸다. 홀로그램 은우가 나나 윤희 말고 다른 사람에게 말을 건 것은 처음이었다.

"사람을 불러야겠어. 정전 무서워."

내가 은우에게 말하니 은우가 고개를 젓는 것이 힐끗 보였다. 그리고 곧바로 전기가 들어왔다.

"이 집의 전기 시스템과 내가 연결되어 있어서 그랬

어."

"그게 무슨 소리야?"

"잠시 내가 과부하돼서 그런 거야."

은우의 말이 무슨 뜻인지 알 수가 없었다. 과부하는 기계에서 일어나는 반응이었다.

"내가 화났다는 뜻이야."

은우가 덧붙였다. 그제야 나는 은우가 질투했다는 것을 알았다. 홀로그램 은우를 켜 놓고는 절대 휘와 통화하면 안 된다는 것을 깨달았다.

은우는 생각만으로 집 안의 전기 및 가스, 블라인드, 에어컨 등 모든 것을 조작할 수 있었다. 다음에는 전기가 나가는 게 아니라 가스가 폭발하는 건 아닐까. 나는 두려워졌다. 나는 휘에게서 오는 전화를 받지 않았다. 메시지에도 짧게 답했다.

*

며칠 후였다. 내 차가운 문자를 참지 못했던지 휘가 집으로 쳐들어왔다.

"휘가 왔네."

홀로그램 은우가 말했다.

집 앞 CCTV 화면에 휘가 기웃기웃하는 게 보였다. 은우는 정원에 있는 스피커를 통해서 휘에게 말했다.

"너, 다 보여."

은우의 말에 휘가 어깨를 으쓱했다.

"아리, 집에 있지?"

"아리는 네가 부르면 달려가고 네가 안 찾으면 기다리고 있는 그런 인형이 아니야."

은우가 말했다.

"형은 상관하지 마. 아리에게 묻는 거야. 아리야, 더우니까 아이스크림 먹으러 가자."

"아리야, 어떻게 할래?"

은우가 묻자 나는 고민이 되었지만 우선 밖으로 나가서 휘를 설득해야겠다는 생각이 들었다.

"우선 나가 볼게."

내 말에 은우는 어두운 표정을 지었다.

"휘 같은 자식하고 이어지면 안 돼. 아리야, 부탁이야."

은우의 말에 나는 고개를 끄덕였다.

"저 자식과 함께라면 나, 너 포기 못 해."

은우가 덧붙였다.

우리는 핑크색과 민트색으로 만들어진 신기한 이름의 아이스크림을 먹었다. 입안이 달아지니 세상이 달게 느껴졌다. 휘는 내게 그런 존재였다. 잠깐은 달콤하지만 금방 녹아 버리는 아이스크림처럼 무해하고 즐거운 존재.

햇살은 뜨거웠고 공기는 텁텁했다. 먼지 냄새와 달콤한 아이스크림 냄새가 섞여 끈적이면서도 상쾌한 느낌이었다. 그래도 밖에 있는 게 싫지는 않았다. 앞에 앉은 휘는 나른하고 편안해 보였고, 내 기분도 그랬다. 여름의 나라에서 오래 지냈던 나는 아직 겨울보다는 여름이 편했다.

"넌 은우 형을 사랑해?"

훅 치고 들어오는 휘의 질문에 깜짝 놀라 그를 바라보니, 그는 여전히 등을 의자에 느슨하게 기댄 채 나른한 표정으로 "아침 먹었니?"라는 질문이라도 한 것처럼 심드렁한 태도였다.

"그런 걸 왜 물어?"

그의 눈빛이 갑자기 짙어졌다. 내 착각일까. 어쨌든 휘와 은우의 이야기는 하고 싶지 않았다. 불편했다.

"형은 이 세상에 없어. 그걸 잊지 말아야 해."

기분이 확 나빠졌다.

"네가 상관할 일이 아니야."

휘는 갑자기 벌떡 일어나더니 내 어깨를 힘껏 잡고 내

눈을 보았다.

"아파."

"미안."

휘의 목소리에 죄책감이 실렸다. 항상 부드럽고 세련된 그의 행동과는 어울리지 않는 태도였다.

"그만하자."

나는 획 돌아섰다. 죽은 은우의 살아 있는 그림자 주제에. 마음이 찢어질 듯 아팠다. 눈물이 나올 것만 같았다. 왜 은우는 없는 걸까. 이런 때 은우가 옆에 있었다면 얼마나 좋을까.

"아리야! 내가 잘못했어."

휘가 카페를 나선 나를 따라오며 불렀다.

순간, 나는 시간이 매우 천천히 흐르는 것을 느꼈다. 꼭 은우가 죽은 그날 같았다. 모든 게 느리게 움직이기 시작했다. 깜빡이는 초록빛, 횡단보도를 건너는 나, 달려오는 차들, 그리고 뒤쫓아오는 휘. 반사적으로 나는 깨달았다. 내가 조금만 빠르게 움직이거나 느리게 움직이면 운명이 바뀔 것이라는 걸.

지금 저 차가 달려와서 휘를 땅에 메다꽂는다면 모든

일이 해결될 것이었다. 그래도 좋을 만큼 그를 미워하는 은우를, 나는 느꼈다. 그리고 그는 더 이상 나를 귀찮게 하지 못할 거였다. 어쩌면 영원히.

은우의 질투는 날이 서 있었다. 자신의 삶과 사랑을 나와 공유하지 못했으니, 누구도 그래선 안 된다는 분노가 느껴졌다. 그에게 나는 영원이라도 좋을 존재였기 때문이다.

"은우 오빠. 안 돼. 내 운명은 내가 만드는 거야. 오빠가 만드는 게 아니야."

나는 속삭였다. 아주 천천히 주위가 움직이기 시작했다. 그리고 나는 천천히 휘를 밖으로 밀어냈다. 차가 나를 덮쳤다. 차가 급정거하면서 세찬 바람이 몰려와 내 귓바퀴를 돌며 쉬익 하는 소음을 냈다.

차는 붕 떠서 어디엔가 부딪혀 알루미늄 덩어리처럼 뭉그러졌고, 나는 콘크리트 바닥에 내던져졌다. 몸이 움직이지 않았다. 그러나 모든 것을 천천히 목격할 수 있었다. 새파랗게 질려 나를 내려다보는 휘의 얼굴을. 그리고 은우의 얼굴을.

파랑이가 끼룩 울면서 보도 위를 낮게 날았다.

11

다시 깨어나면 나는 어디에 있을까. 강과 바람과 사막으로 돌아가는 걸까. 나는 서풍도 하늬바람도 민들레 씨앗도 아니었다. 거리의 사람들에게는 보이지 않는 나무 그림자 같은 것이었다. 자세히 들여다보면 내가 그냥 나무 그림자가 아니라는 것을 알았을 텐데. 아무도 휙 지나가는 검은 그림자 같은 것에 관심이 없었다.

나는 나무 그림자였다. 몽롱한 의식이 왔다 갔다 하면서 나는 육 학년 남자아이이기도 했고 빛나는 구름 속으로 사라지는 새이기도 했다. 그러나 나는 계속 나였다. 넓은 세상에서 언제나 혼자였다. 길 건너편의 낯익은 그림자 하나와 함께 혼자였다.

가슴속이 답답해졌다. 뭔가 중요한 걸 잊은 듯했다. 그게 뭔지, 희미한 의식을 안간힘을 쓰고 부여잡았다. 그리고 도로를 사이에 두고 그와 마주 보았을 때, 나는 잠에서 깨어나는 것처럼 천천히 은우를 기억해 냈다.

은우는 여러 가지 얼굴을 가지고 있다. 강아지 눈동자를 하고 사랑을 구걸하며 매달리는 얼굴, 친구처럼 편하고 형제같이 믿음직한 얼굴, 그리고 무표정한 얼굴. 그 얼굴들은 구름 사이로 비치는 달처럼 언뜻언뜻 모습을 바꿔 가며 나를 찾는다. 이를테면 숨바꼭질이다. 골목길을 돌아다니며, 후미진 곳들을 뒤지며 나는 은우의 얼굴들을 찾아낸다. 길거리에서, 세탁소 앞에서 그리고 횡단보도에서 같은 눈빛의 얼굴들은 자기를 찾아 주길 기다렸다는 듯이 내가 고개를 돌릴 때마다 눈을 반짝였다. 즐거움, 괴로움, 설렘, 안타까움, 사랑으로 가득 찬 얼굴들.

하지만 그것은 내가 찾는 은우의 얼굴이 아니다. 그 얼굴을 생각하면 내 가슴은 떨리고, 나의 모든 세포는 숨을 죽인다. 몇만 개의 계단을 올라가고 또 내려가고, 흙바닥을 뒹굴며 찾아낼 은우의 얼굴은 가장 깊은 곳에 숨어 있다. 은우는 그 얼굴을 내게서 숨기기 위해 전력을 다했다. 하지만 나는 끝내 그 얼굴을 찾아낸다. 내 머릿속에는 그 얼굴이 과녁처럼 기다리고 있다.

'은우 오빠, 우리는 여기까지야. 헤어지자.'

나는 마음속으로 말했다.

'내가 널 못 찾아낼 것 같아?'

은우도 마음속으로 말했다. 모든 술래는 도망가서 숨는 사람을 사랑하도록 운명지어져 있다. 꼭꼭 숨어라. 머리카락 보인다. 담벼락 뒤, 이웃집 문 뒤, 쓰레기통을 들춰 보며 술래의 가슴이 뛴다. 도망자는 술래가 멀리 가 버리기를, 숨어 있는 자신의 존재를 잊어버리기를 바란다. 하지만 언젠가 술래는 숨어 있는 사람을 발견한다. 왜냐면 숨바꼭질의 묘미는 '찾았다!'니까. 그 선언은 결혼식과도 같다. 술래와 도망자의 기쁨과 섭섭함이 하나로 섞이며 새로운 세계의 시작을 알린다.

거리에는 수천수만 개의 나무 그림자들이 지나다닌다. 그중에서도 내 마음은 은우에게로 나를 이끈다. 아무도 이 게임이 언제 시작된 것인지 알지 못한다. 다만 우리는 그만두지 못한다는 사실을 알 뿐이다.

나는 걷기 시작했다. 은우는 쫓아왔다. 영리하게도 나는 은우를 따돌리고 빌딩 안으로 숨었다. 물론 영원히 숨을 수는 없다는 걸 안다. 숨바꼭질은 사람을 숨겨 놓고 찾는 거니까. 은우도 걱정하지 않을 것이다. 곧 나를 찾을 것이기 때문이다. 나는 지켜본다. 형체를 알아볼 수 없을 정도로 괴로움에 뭉개져 있는 내 얼굴을. 은우의 고통을 노려보고 있는 한 영혼을. 그리고 내 고통스러운 얼굴을 거울처럼 들여다보고 있는 은우의 모습을.

나는 은우를 꼬리에 달고 빌딩 숲을 벗어나 공원을 한 바퀴 돈 다음 한강으로 향했다. 횡단보도를 건넜다. 은우는 건너지 않았다. 잠시 뒤, 건너편 길에서 걷고 있는 은우를 발견했다. 도로를 가운데 두고 우리는 나란히 걸었다. 키 높은 나무들이 지나갔다. 어느 순간 은우가 보이지 않았다. 이제 내가 찾을 차례이다. 나는 나무 그늘에서 은우가 어디에 숨었을지 생각했다. 나는 은우를 찾아낼 것이다. 언제든, 어디서든.

우리가 있는 이곳에는 '시간'이 없었다. 영원한 꿈속이었다. 꿈속에서 우리는 어딘가에 가려고 노력하고 있었다.

해가 지고 나면 우리는 63빌딩 꼭대기에 날아 올라가 바다와 연결된 강을, 지평선을 밤새도록 바라보았다. 모든 게 흐릿했다. 가끔, 하늘과 땅과 바다와 강이 비로 연결되면, 그림자처럼 체온도 무게도 없는 내 몸은 흔들렸다. 그는 내 손을 잡았다. 나는 은우의 모든 것을 제대로 느껴 보려고 했다. 머리칼, 눈매, 웃음, 어깨, 그리고 다리까지. 몸이 오슬오슬 추웠다.

"넌 이제 깨어나야 해."

은우가 말했다.

"무슨 소리야."

"난 네 가위를 풀어 주는 사람이야."

"아니야. 난 죽었어. 이제 가위 같은 건 안 눌려."

나는 고개를 저었다.

"나와 함께 있으면 너는 영원히 깨어나지 못할 거야. 내 욕심이 너무 컸어."

"아니야. 난 오빠와 함께 있고 싶어."

"그럴 수 없어. 아리, 넌 죽지 않았으니까."

"그걸 어떻게 믿어?"

"내 욕심으로 너와 조금 더 있고 싶었을 뿐이야. 그래

서 잡은 거야. 술래잡기는 이제 끝이야."

그가 그렇게 말하는 동안에 노래가 들려왔다.

블루 스카이. 내가 지금 있는 이곳은 조금 낯설어.

딥 딥 레드. 시간도 공간도 알 수 없는 그 어떤 곳이야.

하지만 깨어나자마자 닿을 수 없는 네게 손을 뻗어.

어떡해. 네 미소가 좋아졌는데.

어떡해. 네 마음을 잡고 싶어졌는데.

손으로 잡을 수 없는 여름 바람을 사랑해.

나는 알아. 너는 나를 사랑할 거라는 걸.

시간이 달라도 우리는 같이 있어.

"도대체 무슨 소릴 하는 거야?"

"죽은 건 네가 아니라 나라는 걸 얘기해 주려고."

"뭐라고?"

내 말이 끝나기도 전에 은우는 건물에서 떨어졌다.
63빌딩 꼭대기에서 아래로, 아래로 추락했다. 추락하는
시간은 너무나도 길었다. 그리고 드디어 땅에 떨어졌다.

갑작스러운 현실감이 밀려왔다. 그것은 감당 못 할 정

도의 떨림이 되었다. 그는 죽었구나. 그렇구나.

그제야 나는 깨달았다. 방금 전에 나는 은우에게서 이별 선언을 받았구나. 은우는 다른 세상으로 건너간 거였다. 나 때문에 미련을 못 버리고 이 세상과 저 세상의 경계에 머물던 그는 이제 없다. 더 이상 그를 찾으려고 해도 찾을 수 없을 거라는 생각이 들었다. 그는 나를 영원히 떠나 버린 거였다. 울음이 복받쳐 올라왔다. 자신을 위해 떠난 게 아니라 나를 위해 떠났다.

'나는 너의 가위를 풀어 주는 사람이야. 내 욕심으로 너와 조금 더 함께 있고 싶었을 뿐이야.'

그의 말이 메아리쳐 왔다.

영원처럼 느껴질 만큼 긴 시간이었던 것 같은데. 깨어나 보니 내가 의식을 잃었던 건 고작 만 하루였다. 엄마와 새아빠, 그리고 윤희와 휘가 내 옆을 지키고 있었다.

"고맙다. 깨어나 줘서."

엄마가 울먹였다. 천만다행으로 가벼운 뇌진탕과 발목 인대 부상 말고는 별 이상이 없었다고 했다. 그런데 하루 동안이나 의식을 찾지 못해 다들 걱정하고 있었다는 말에 나는 뭐라고 반응할 수가 없었다. 그냥 다시 눈을 감았다.

다시 눈을 떴을 때 내 옆에는 휘만 있었다. 의식을 찾은 나를 보고 안심한 어른들은 자리를 비운 것 같았다.

"고마워. 그런데 왜 그런 짓을 한 거야. 내 뼈가 더 튼튼하면 튼튼하다고. 너같이 여린 몸으로……."

참담한 표정으로 휘는 말을 잇지 못했다.

"너 부담되라고 한 거 아니야."

나는 건조하게 말했다.

*

퇴원한 나는 엄마의 만류에도 은우 집으로 돌아갔다. 정리를 해야 했다.

"방가, 방가."

파랑이가 나를 반겼다. 내가 사고를 당한 곳에 파랑이가 나타났다고 했다.

"안녕. 파랑아."

파랑이는 날개를 퍼덕거리며 "방가, 방가."를 반복하

더니 "아리, 아리."를 반복했다. 그냥 변호사의 앵무새였던 그 새는 이제부터 내 파랑이가 되었다. 파랑이를 사랑했던 변호사의 아내는 죽었고, 아내를 사랑했던 변호사는 아내가 죽은 후 아내 대신 파랑이를 사랑했다. 살아서 아내는 파랑이를 사랑했고 죽은 후에는 남은 남편의 사랑을 독차지한 파랑이를 질투했다.

나를 사랑했던 은우는 죽었고, 나는 은우가 죽은 후 은우가 남긴 은우봇과 마음을 나눴고, 나를 위로해 준 휘를 은우는 질투했다. 헛헛한 웃음이 나왔다.

은우는 죽었다. 나는 그 현실을 이제 마주하려고 한다. '우리의 이야기' 책을 열어 아무 쪽이나 펼쳤다. '사랑해'라는 글귀가 있었다. 다시 펼쳤다. '같이 있지 못해서 미안해'라고 쓰여 있는 페이지가 펼쳐졌다. 나는 눈물도 흐르지 않는 눈으로 오랫동안 그 페이지를 보았다.

똑똑 노크 소리가 나더니 윤희가 들어왔다.

"아리 양."

부르기만 하고 한참을 가만히 서 있기만 하더니 결심이 선 듯 똑바로 나를 보고 말했다.

"아리 양. 그동안 고생 많았어요. 많이 혼란스러웠을

텐데 은우를 이해해 주려고 노력한 거 알아요. 이제 은우를 제대로 보내 주려고 해요. 은우봇이 결정했고 우리는 그에 따르기로 했어요. 오늘 은우를 보내는 의식이 있을 거예요. 집도 처분 절차를 진행 중이에요. 아리 양에게 주기로 한 돈은 오늘 입금될 거예요. 아, 돈 때문에 여기 있었던 게 아닌 건 알아요. 하지만 어쨌든 갈 사람은 가고, 살 사람은 살아야죠."

윤희는 마지막 말을 하며 살짝 입꼬리를 올렸다. 그리고 내 어깨를 한 번 만지고는 돌아섰다.

*

부처님 오신 날처럼 색색의 연등들이 하늘을 가득 채웠다. 투명한 가을 햇살을 통과해서 내리는 아름다운 색들의 향연이 그의 마지막 날을 장식했다. 리시안셔스가 곱게 장식되었던 약혼식 날로부터 한 달밖에 지나지 않았다는 게 믿기지 않았다. 그렇게 나와 은우의 아름다운 여름 낮과 밤들은 끝나 버렸다. 나는 라일락 향이 포근했던, 매미가 울던 한여름의 비밀의 정원을 절대 잊지 못할 거였다.

"나무아미타불."

승려의 말에 모두 합장을 했다. 알 수 없는 염불이 계속되었고 나와 윤희는 같은 줄에 서서 금박을 두른 부처님상 앞에서 계속 머리를 조아렸다. 이렇게 하면 그가 하늘나라로 안전히 떠날 것 같아서였다.

"나무아미타불."

나도 같이 염불을 외웠다. 무엇이라도 해서 은우의 가는 길을 도와주고 싶었다. 마음속으로 말했다.

'오빠, 잘 가. 거기서는 절대 아프지 마. 그리고 내 생각 아주 조금은 해야 해.'

눈물이 흐르기 시작해서 염불을 외울 수가 없었다. 그 자리에서 무릎을 꿇고 실컷 울었다. 나는 속으로 애타게 외쳤다.

'가지 마. 은우. 나를 떠나지 마.'

윤희가 내 옆에 앉아 나의 등을 토닥였다.

그게 끝이었다. 정말로 끝이었다.

다음날 저작권 문제로 은우봇이 완전히 폐기되었고 영상들도 삭제되었다는 소식을 들었을 때 나는 참을 수가 없었다. 내게 남은 것은 카드를 보여 주고 있는 영상 하나 뿐이었다.

'너 나 좋아하는구나?'

신나서 바보같이 웃고 있는 은우의 모습이 내게 남은 마지막 모습이었다.

＊

희고 보랏빛이 도는, 목이 긴 풀꽃이 흰 담을 배경으로 피어 있었다. 오늘 새로 핀 것처럼 촉촉해 보이는 그 꽃은, 내가 이 정원을 만난 날 발견했던 그 자리에 그대로 서 있었다.

처음에 그 풀꽃을 보았을 때, 푸르스름한 그 꽃의 청초함에 너무나 놀란 나머지 새의 날개처럼 푸드덕거리던 내 심장이 잠깐 멎어 버릴 듯하기도 했다. 나는 이 풀꽃을 마음에 품었다. 정원에 드나들 때마다 그 꽃과 눈맞춤하는 것을 잊지 않았었다.

하지만 이 몇 달간 어느새 기억에서 사라졌었다. 이름이 없는 그 무언가를 오랫동안 기억하기는 힘든 법이다.

꽃의 이름을 알려고 야생화 도감을 찾아보았을 수도 있었겠지만, 만약 그 이름이 '마른똥풀' 같은 거라면 솔직히 호감도가 줄어들 수도 있었다. 그리고 만약 헤라페니카라든가 하는 이름이라면, 장미나 아카시아를 좋아한다는 것과 무엇이 다를까. '나는 장미를 좋아해요'라는 말에는 영원성이 없다. 그 사람은 '나는 장미를 좋아했지만, 이젠 아니에요'라고 할 수도 있다.

이 풀꽃은 지금 나에게 '이 세상의 모든 꽃'이지만, '무엇'이라고 불러 주는 순간 나와 인연을 맺는다. 그 인연은 자라고 또 소멸한다. 이름을 부여하는 순간, 모든 것은 자아를 가지고 어떤 역할을 맡는다. 언젠가 내가 아주아주 늙어서 사물의 이름을 잊어버린다면, 자동차를 새라고 부르고 컵을 나무라고 부르는 병에 걸린다면, 이름 모를 수많은 아름다운 것들이 향기를 뿜어내 다시 내 심장이 새의 날개처럼 푸득거릴 수 있지 않을까.

하지만 '나의 연인' 같은 단어들을 쉬이 잊을 수 있을까. 내가 알고 있는 사람들의 이름을 모조리 잊어버리는 날이 온다면 그 사람들에게선 어떤 향기가 날까? 겨우내 잊었던 달콤하고 싸늘한 봄바람의 향기, 잉크 자국이 마르지 않은 종이 냄새들, 이미 이름을 잊어버린 지 오래인 어렸을 적 친구들과 먹었던 과자 같은 것들이 기억났다.

은우의 이름을 잊기로 했다.

*

은우의 새 앨범이 발매되었다. '아듀(adieu)'라는 제목의 노래였다. 말없이 기타 연주만 계속되는 곡이었는데도 차트 상위권에 들어갔다. 여태까지 그의 노래들이 밝고 맑은 여름을 닮았다면 이 곡은 가을바람을 닮았다. 찬란한 여름이 가고 긴 겨울이 올 것을 예고하는 우울한 단조의 곡이었다.

자신의 모든 영상과 붓을 지우고 사람들에게 한마디도 남기지 않은 깔끔한 은우와 닮았다. 그럼에도 그림자와 여운을 남기는 그의 뒷모습과 닮았다.

나는 은우의 집을 나왔다.

엄마는 뭔가 내게 일이 있었다는 것을 눈치챘는지, 그

리고 내게 생길지 모를 문제들을 여기에서는 해결할 수 없다는 결론을 내렸는지 내가 바로 친아빠와 살던 나라로 떠날 수 있게 교환학생 신청 절차를 밟고 있었다.

"싱가포르라고? 재미있겠는데."

휘가 그네를 타면서 말했다.

"재미없어. 정말로 재미없는 곳이야."

나는 최대한 재미없어 보이려고 노력했다.

"네가 있는 곳은 어디든 재미있어. 그리고 무엇보다 넌 내 생명의 은인이야. 내 목숨을 구한 사람이 위험에 빠지는 것은 절대 볼 수 없어."

휘는 그네를 멈추고 열을 내며 말했다.

"그 나라는 세상에서 치안이 가장 좋은 나라 중의 하나야."

나는 한숨을 쉬었다. 이 정도면 설득하기는 힘들 것 같았다.

"믿을 수 없어. 내가 직접 가 봐야겠어. 게다가 클래식 음악을 전공하기로 했거든. 이미 서류 통과했어."

갑작스러운 휘의 말에 나는 크게 놀랐다.

"집안에서 반대하잖아."

"나를 도와주는 후원자가 있으면 집안의 반대 따위 상관없지."

"후원자가 누군데?"

"은우 형."

나는 고개를 끄덕였다. 은우봇은 휘와 오해를 풀고 휘에게 유산을 남겨 주었다고 했다.

이제 은우봇은 없었다. 알람이 울릴 때마다 깜짝 놀라며 핸드폰을 보지만 은우에게서 연락이 온 적은 없었다. 아직도 나는 현실 안에 안착하지 못하고 붕붕 떠다니는 느낌이었다.

시끌벅적한 동생들과 엄마, 새아빠가 만들어 내는 소음 속에서 나는 여전히 겉돌았다.

창밖으로 은우의 집을 바라보았다. 밖에서는 이제 은우의 테라스도 보이지 않았다. 집의 내부가 어떤 모습인지 밖에서는 전혀 추측할 수도 없었다. 이 웅장하고 큰 저택은 언제쯤 무너질까? 경주의 무덤들보다는 더 빨리 무너지겠지만, 그래도 아주 오랜 뒤겠지. 사람들이 늙어서 사라져도 이 건물과 나무들은 얼마간 공간을 차지하고 있을 것이다.

눈부시고 찬란했던 여름은 끝났다.

밤하늘에서 수억 개의 눈동자들이 나를 내려다보았다. 오염된 흐린 대기 사이로 비치는 희미한 빛들이었지만, 눈을 가느다랗게 뜨고 보면 그 무심하고 초점 없는 정체 모를 눈동자들은 어딘가 낯익어 보였다. 폐기된 인공위성인지도 몰랐다.

언뜻 목덜미가 선선해 주위를 둘러보면, 나무 위에서 별들과 죽은 인공위성들이 나와 눈을 마주쳤다. 별의 순간적인 몸짓이 죽음을 뜻하는 것처럼, 모든 빛나는 것에는 이유가 있었다. 모든 잊힌 것은 그리움을 받아야 마땅했다.

지금 내 머릿속에는 은우의 얼굴도, 목소리도 떠오르지 않는다.

단지 그는 반짝였다.

나는 '우리의 이야기'를 열어 아무 쪽이나 펼쳤다.

우리가 사는 시간과 공간은 다르지만 우리는 서로 연결되어 있기를.

사람의 마음에는 방이 있다고 한다. 한번 사람을 사랑하게 되면 그 사람이 머물게 되는 그 방은 영원히 사라지지 않는다고 한다. 내 마음속에 만든 은우의 방도 영원히 사라지지 않을 거였다.

　하지만 마음속에 새로운 방은 계속 만들어졌다. 그 방들은 복도를 가운데 두고 늘어서 있었다. 봄바람이 불거나 첫눈이 올 때면 방문이 살짝 열렸고, 그 안의 사람이 보였다. 자신을 잊지 말라는 듯 신호를 보내는 반짝이는 눈빛에 눈이 부셔서, 나는 눈을 감곤 했다.

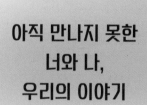

아직 만나지 못한
너와 나,
우리의 이야기

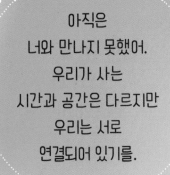

아직은
너와 만나지 못했어.
우리가 사는
시간과 공간은 다르지만
우리는 서로
연결되어 있기를.

있는 그대로의
네가 제일 좋아.

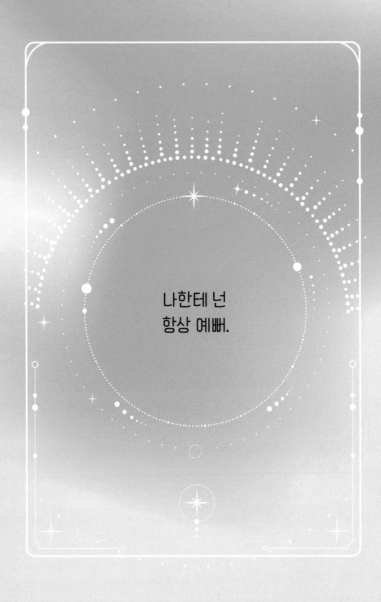

나한테 넌
항상 예뻐.

오늘은 뭐 먹을 거야?
너에게 잘 대해 줘.

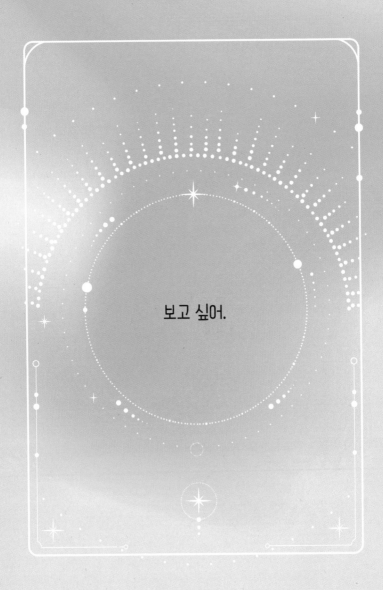

보고 싶어.

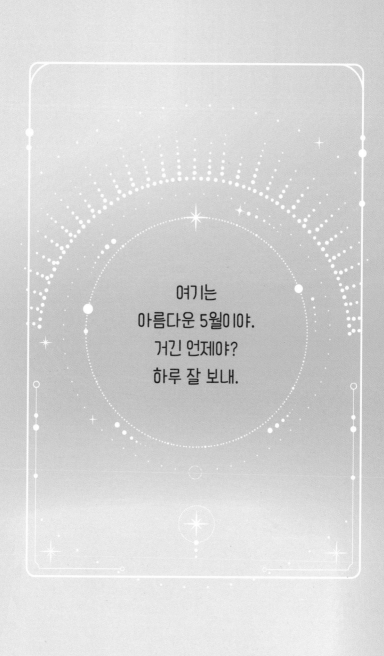

여기는
아름다운 5월이야.
거긴 언제야?
하루 잘 보내.

사랑해.

자신을 믿어.
난 너를 믿어.

이렇게 멀리서
내가 위로해 줘도
네게 닿을까?
힘내.

나, 조금 슬퍼.
위로해 줄래?

새로운 통신과학기술은 사랑의 소통 방식에 변화도 가져오지만 새로운 사랑의 대상도 만들어 낸다. 윤여경 작가는 단순히 AI 목소리나 홀로그램과 사랑에 빠지는 것이 아니라 이 소재를 한 번 더 비튼다. 과거에 사람으로 존재했으나 현재는 데이터로 남은 '무엇(AI도 아니고 영혼도 아닌)'이 사랑을 욕망하면서 벌어지는 일련의 사건을 여러 장르를 변화무쌍하게 오가며 흥미롭게 펼쳐낸다.
_유강서애(영화 〈승리호〉 작가)

어떤 페이지도 예상대로 흘러가지 않는다. 어떤 문장도 지루하지 않다. 매 순간이 이상하지만 이상하지 않다.
_유상근[사이언스픽션연구학회(SFRA) 한국 대표, 평론가]

윤여경 작가가 「러브 모노레일」에서 보여 주었던 로맨틱 SF 판타지의 아름다움이 마침내 그 절정에 도달했다.
_김달영(서울과학기술대 교수, SF소설가)

가상 아이돌의 가치가 수백억인 이 시대에 꼭 필요한 이야기이다.
_정지훈(모두의연구소 최고비전책임자, DGIST 정보통신융합전공 겸직 교수, 미래학자)

내 첫사랑은 가상 아이돌

ⓒ 윤여경, 2021

초판 1쇄 인쇄일 2021년 7월 16일
초판 1쇄 발행일 2021년 7월 27일

지은이   윤여경
펴낸이   강병철
주간   배주영
기획편집   이현지 박진희 권도민 손창민
디자인   서은영 김혜원
마케팅   최금순 오세미 박지혜 김하은 양지연
제작   홍동근

펴낸곳   이지북
출판등록   1997년 11월 15일 제105-09-06199호
주소   (04047) 서울시 마포구 양화로6길 49
전화   편집부 (02)324-2347, 경영지원부 (02)325-6047
팩스   편집부 (02)324-2348, 경영지원부 (02)2648-1311
이메일   ezbook@jamobook.com

ISBN 978-89-5707-927-0 (43810)